Andreas Schlüter · Irene Margil

Stromschnelle

STECKBRIEF

Michael: Athlet

Alter:
12 Jahre

Nation:
USA

Geschwister:
keine

Hobby:
Krafttraining

Lieblingsfarbe:
gold

Sternzeichen:
Widder

Schwäche:
protzt manchmal mit seinen Muskeln

Stärke:
meistens schnell im Handeln

Motto:
„Köpfchen allein genügt nicht. Kraft gehört dazu!"

Lieblingsfächer:
Gibt es nicht!

Berufswunsch:
Sport-Animateur, Fitnesstrainer

S

Geschwister:
Schwester Huon

Hobby:
Pflanzen, Bon

Lieblingsfarbe:
grün

Sternzeichen:
Löwe

Schwäche:
manchmal g

Stärke:
ruhig und

Motto:
„Es gibt

Lieblingsfä

Biologie

Berufswu

Richte

STECKBRIEF

Jabali: Läufer

Alter:
12 Jahre

Nation:
Südafrika

Geschwister:
Bruder Rasul, 6 Jahre

Hobby:
Eisherstellung

Lieblingsfarbe:
täglich wechselnd

Sternzeichen:
Waage

Schwäche:
ist manchmal lieber allein

Stärke:
ausdauernd, geduldig

Motto:
„Nicht weglaufen, sondern hinlaufen!"

Lieblingsfächer:
Mathematik

Berufswunsch:
Sportwissenschaftler

CKBRIEF

Kämpferin

hre

Deutschland, ihre
n kommen aus Vietnam

hre

lumen

wie eine Giftschlange

nen

nen Weg."

rs: Pflanzenkunde

STECKBRIEF

Ilka: Schwimmerin

Alter:
12 Jahre

Nation: Australien, die Eltern kommen aus Deutschland

Geschwister:
keine

Hobby:
Zierfische, Salzwasseraquarium

Lieblingsfarbe:
türkisblau

Sternzeichen:
Skorpion

Schwäche:
hasst ihre Sommersprossen

Stärke:
unternehmungslustig, zuverlässig

Motto:
„Achte jedes Tierchen!"

Lieblingsfächer:
Physik, Chemie, Biologie

Berufswunsch:
Meeresbiologin oder Sportärztin

STECKBRIEF

Lennart: Ballkünstler

Alter:
12 Jahre

Nation:
Deutschland

Geschwister:
keine

Hobby:
Jonglieren und Bällesammeln

Lieblingsfarbe:
Linhs Augenfarbe

Sternzeichen:
Schütze

Schwäche:
manchmal hektisch und nervös

Stärke:
lebendig, kommunikativ

Motto:
„Erst zielen, dann handeln."

Lieblingsfächer:
Englisch, Deutsch

Berufswunsch:
Dolmetscher

© Iris Hogreve

Andreas Schlüter, geboren 1958, ist einer der erfolgreichsten Kinder- und Jugendbuchautoren der letzten Jahre. Gleich sein erstes Buch ›Level 4 – Die Stadt der Kinder‹ wurde ein Bestseller. Neben den zahlreichen ›Level 4‹-Bänden sind auch seine ›Heiße Spur . . .‹-Abenteuer um Marion und das sprechende Chamäleon bei dtv junior im Taschenbuch lieferbar.
Zusätzliche Informationen über Andreas Schlüter und seine Bücher stehen unter www.aschlueter.de und www.fuenf-asse.de zur Verfügung.

© privat

Irene Margil, geboren 1962, entdeckte im Alter von neun Jahren zwei Leidenschaften: das Fotografieren und den Sport. Das Fotografieren machte sie zu ihrem Beruf, den sie bis heute in Hamburg ausübt. Basketball, Skifahren, später Wen-Do und Karate waren ihre bevorzugten Sportarten, bis sie mit 33 Jahren das Laufen entdeckte. Sie läuft Halbmarathon und Marathon. Daneben ist Irene Margil ausgebildete Lauftherapeutin und Nordic-Walking-Trainerin. ›Fünf Asse‹ ist ihr erstes gemeinsames Buchprojekt mit Andreas Schlüter bei dtv junior. Zusätzliche Informationen über Irene Margil und ihre Bücher unter www.irenemargil.de.

Andreas Schlüter · Irene Margil

Stromschnelle

Fünf Asse

Sport-Krimi

Mit einem Daumenkino
von Karoline Kehr

Deutscher Taschenbuch Verlag

In der Reihe ›Fünf Asse‹ sind außerdem lieferbar:
Startschuss (Mini-Olympiade)
Schulterwurf (Judo)
Schmetterball (Tischtennis)
Fehltritt (Klettern)
Abgetaucht (Schwimmen)
Ausreißer (Radfahren)
Spielmacher (Basketball)
Pistenjagd (Skifahren)
Fallrückzieher (Fußball)
Doppeltreffer (Fechten)

Das gesamte lieferbare Programm von dtv junior
und viele weitere Informationen finden sich unter
www.dtvjunior.de

Originalausgabe 2010

Umschlagkonzept: Karoline Kehr
Umschlagbild: Karoline Kehr
Lektorat: Katja Korintenberg
Gesetzt aus der Lucida Sans 11/14,5'
Gesamtherstellung: Druckerei C. H. Beck, Nördlingen
Gedruckt auf säurefreiem, chlorfrei gebleichtem Papier
Printed in Germany · ISBN 978-3-423-71413-6

Ab aufs Wasser!

»Leicht bewölkt, vereinzelte Regenschauer möglich«, las Lennart aus der Internet-Wettervorhersage für den folgenden Tag vor.

»Regenwahrscheinlichkeit 27 Prozent«, ergänzte Michael.

»Meine neue Wetterstation *anagallis avensis* meldet auch keinen Regen«, erklärte Linh und betrachtete eine kleine Pflanze auf ihrer Fensterbank mit prüfendem Blick.

»Deine was?«, fragte Ilka und verzog ihr Gesicht.

Linh grinste verschmitzt. »Meine neue Errungenschaft!« Sie hob den Topf hoch und führte ihren Freunden die hübsche gelborange Blüte vor.

»Deine Liebe für Pflanzen kennen wir ja, aber du willst doch wohl nicht behaupten, dass du dich mit ihnen übers Wetter unterhältst?«, frotzelte Michael.

Und Jabali sagte: »Na, dann trau ich doch noch eher Razuls kleinem Wetterhäuschen. Bei Regen kommt da immer ein Männchen mit Schirm heraus.«

»Bei dir hätte ich eher auf einen Marathonläufer mit Regenjacke getippt«, kicherte Lennart. Aber das Wetterhäuschen gehörte ja nicht Jabali, sondern dessen jüngerem Bruder.

Linh stellte die Pflanze liebevoll zurück und verkniff sich eine passende Redewendung aus ihrer großen Sammlung an Weisheitssprüchen. Sie würde ihnen ein anderes Mal die Besonderheit dieser Pflanze erläutern, deren Blüte gute Hinweise auf das bevorstehende Wetter geben konnte.

»Jedenfalls sagen alle das Gleiche«, brachte Lennart es auf den Punkt. »Das Wetter spielt mit. Jetzt müssen wir uns nur noch einigen, wie wir fahren.«

Die Fünf Asse saßen wieder einmal in Linhs Zimmer zusammen und wollten die letzten offenen Fragen zu ihrem Ausflug auf dem Wasser klären.

»Sorgfältige Fahrtenplanung ist wichtig!«, mahnte Ilka.

»Na ja, jetzt übertreibst du aber! Das ist ja keine Wildwassertour, sondern gemächliches Paddeln auf Kanälen und offenem Wasser.«

»Trotzdem!«, beharrte Ilka.

»Wie viel Zeit wollen wir denn einrechnen?«, fragte Michael. »Vielleicht campen wir ja auch eine Nacht irgendwo am Ufer?«

»Träumer!«, antwortete Lennart. Dafür bekam

keiner die Erlaubnis der Eltern, schließlich würden sie ohne ihre Sportlehrerin Frau Kick oder sonst einem Erwachsenen unterwegs sein.

»Also morgens so früh wie möglich los und abends so spät wie möglich nach Hause!«, dachte Linh laut nach.

»Ich besorge noch die Wasserwanderkarte für diesen Bereich«, versprach Ilka. »Oder wisst ihr, wie die Abschnitte genau beschaffen sind?«

»Lass dich doch überraschen!«, schlug Jabali vor.

»Wer mit wem fährt, will ich aber nicht dem Zufall überlassen«, bemerkte Lennart und klopfte Michael auf die Schulter. »Wir sind ja wohl ein Duo, oder?«

»Na, das liegt doch auf der Hand! Eins, zwei, zwei, zwei. Das ist doch klar!«, behauptete Michael und teilte die drei Kanus und den Kajak ein.

Linh sollte mit dem Kajak an die Spitze. Dahinter kamen Michael mit Lennart und Ilka mit Jabali in zwei Kanus. Den Schluss bildeten dann Vanessa, die Kugelstoßerin, und Jessica, die Turnerin aus ihrer Klasse, die die Tour unbedingt mitmachen wollten.

»Wo stecken die beiden eigentlich?«, fragte Michael.

»Shoppen«, antwortete Ilka ziemlich genervt. Sie hatte

 den Mädchen noch erklärt, dass sie nur wasserdichte Jacken und Hosen brauchten. Eine Schwimmweste wurde vom Verleih gestellt. Aber alles Reden hatte nichts geholfen.

Für Vanessa war dieser Ausflug ein guter Grund, ihre Sportgarderobe zu erneuern, wie sie es nannte. Seit sie sich mit Jessica angefreundet hatte, legte sie ein Interesse für Mode an den Tag, das ihr vorher niemand zugetraut hätte. Klar, dass Jessica als Stilberaterin an ihrer Seite mit durch die Kaufhäuser zog.

»Das fängt ja gut an!«, maulte Lennart. Ihm gefiel es gar nicht, dass Linh und Ilka zugestimmt hatten, als Vanessa und Jessica gefragt hatten, ob sie sich der Paddeltour anschließen könnten.

»Das nächste Mal fragt ihr uns, bevor ihr zusagt, okay!«, forderte Michael, der auch sichtlich unzufrieden war. »Ich dachte, wir bleiben unter uns.«

»Wir wollten nicht so sein«, verteidigte sich Linh.

»Immerhin bringt uns Vanessas Vater zur Einsatzstelle«, erinnerte Ilka.

Für sie alle war das Paddeln auf einem See nichts Neues. Erst vor ein paar Wochen hatten Linh und Ilka einen Ausflug auf dem nahe gelegenen See gemacht.

Einerseits hatte Ilka das gemächliche Treiben

mitten in der Natur genossen, wenn es auch manchmal durch starke Winde und die dadurch erzeugten Wellen unterbrochen wurde. Andererseits fehlte ihr doch die Geschwindigkeit, an die sie sich dunkel bei einer Tour mit ihrem Vater erinnerte. Vor Jahren, als sie noch in Australien gelebt hatte, hatte sie schon mal in einem Kanu gesessen. So war Ilka zwar von dem langsamen Gepaddel auf dem See und in den Kanälen etwas enttäuscht gewesen, wollte aber unbedingt wieder dabei sein, wenn es hieß: »Ab aufs Wasser!«

»Ich bin schon sehr gespannt, ob wir die Strecke schaffen«, überlegte sie und stupste Jabali in die Seite.

»Ich dachte, du bist die Wasserratte!«, erwiderte Jabali und kniff sie in den Oberarm.

»Jetzt macht mal halblang. Das ist eine leichte Ausdauertrainingseinheit für mich. Das schafft ihr auf jeden Fall!«, versicherte Michael. Er war zwar kein großer Experte im Kanufahren, aber mit den wichtigsten Grundmanövern beim Ein- und Aussteigen, beim An- und Ablegen war er von allen am besten vertraut.

Die Kanus und den Kajak holten sie sich bei einem Verleiher, direkt an einem Seitenkanal des Sees am Rand der Stadt. Dort standen mehrere Boote für

 Schüler der James-Connolly-Schule bereit. Einzige Voraussetzung war eine rechtzeitige Anmeldung.

Am nächsten Morgen war es so weit. Die Fünf Asse warteten schon vor dem Haus, in dem Vanessa wohnte, als Jessica kam.

»Wollt ihr nicht rein?«, fragte sie und steckte ihre Sonnenbrille kunstvoll über der Stirn in ihre hübsch geföhnten Haare.

»Ich warte lieber hier«, sagte Michael und schielte auf die Uhr.

In dem Moment öffnete sich auch schon die Tür und Vanessa erschien. Sie ging nicht, sie schritt auf die Freunde zu. Ihr Segelanzug in den Farben des Sommers glänzte hell im Sonnenlicht.

»Na, dann können wir ja starten«, sagte sie und sah strahlend in die Runde.

Auch Vanessas Vater war komplett im Segler-Outfit und schien bester Laune. Jedenfalls pfiff er irgendein Lied.

Ilka steckte sich einen Finger ins Ohr, aber so richtig half das natürlich nicht. Während der ganzen Fahrt musste sie sich sein Gepfeife zu »An der Nordseeküste« anhören.

Eine halbe Stunde später setzte Vanessas Vater dann alle beim Anleger des Verleihers ab.

»Meldet euch rechtzeitig! Dann hol ich euch wieder ab. Tschüüüüss!«

»Ach wie süüüüß!«, rief Jessica begeistert, als sie einen riesigen Plastikschwan am Anleger entdeckte, zwischen dessen Flügeln eine kleine Bank zum Sitzen einlud.

»Dann doch lieber ein richtiges Tretboot«, fand Vanessa, die neben Jessica auf dem Schwanrücken wohl kaum Platz gefunden hätte.

Michael hatte bereits die Zuteilung der Kanus vom Verleiher bekommen und wedelte mit den Leihscheinen.

»Fährst du jetzt Kanu?«, fragte er barsch. Er konnte die bunten Plastikmonster auf dem Wasser nicht ausstehen. »Oder bleibst du hier und fütterst Enten?«

Plötzlich dröhnte etwas am Anleger vorbei. Alle drehten sich zu dem gelben Ungetüm, das übers Wasser raste, und schauten überrascht auf die Fahrrinne und die Bugwellen, die es hinterließ.

»Ein Jetski!«, rief Ilka entsetzt. »Sind die hier jetzt auch erlaubt?«

Ihre Frage war in dem Lärm kaum zu verstehen, den der vorbeifahrende Jetski-Fahrer immer noch machte, obwohl er schon Sekunden später außer Sichtweite war.

»Motorrad fahren auf dem

Wasser!« Linh schüttelte verständnislos den Kopf. Sie erinnerte sich mit Grausen an einen Badeurlaub mit ihren Eltern, wo sie ständig hatten aufpassen müssen, nicht von angetrunkenen Touristen auf Jetskis über den Haufen gefahren zu werden.

»Schaut lieber mal hier!«, rief Michael. »Da mache ich mit!«

»Wie bitte? Du willst unter die Jetski-Fahrer?«, wunderte sich Linh, die mit ihren Gedanken noch immer bei dem nach Benzin stinkenden Krachmacher war.

»Quatsch!« Michael schüttelte den Kopf und tippte mit dem Finger auf ein Plakat, das am Büro des Verleihs hing. »Das ist mal was wirklich Besonderes! Ein Wettbewerb im Wildwasserkanal! Wahnsinn! Hier! Auch für unsere Altersklasse!« Seine Augen leuchteten vor Begeisterung.

Im Rahmen der Eröffnung einer neuen Wildwasserbahn ganz in der Nähe wurde dieser Wettbewerb ausgetragen. Auch Linh, Ilka, Jabali und Lennart lasen das Plakat aufmerksam durch.

»Schon wieder Wettkampf?«, stöhnte Vanessa. »Könnt ihr nicht einfach mal einen Wettbewerb auslassen? Müsst ihr immer überall dabei sein?« Sie mochte die Fünf Asse und sie betrieb selbst begeistert Sportarten wie Kugelstoßen, Diskus- und Hammerwerfen. Aber Wettkämpfe empfand sie immer auch als etwas stressig.

»Was hast du denn? Das kann doch wohl jeder für sich entscheiden«, hielt Lennart dagegen.

»Können wir heute unseren Ausflug nicht einfach mal genießen?«, pflichtete Jessica Vanessa bei.

»Heute ist doch gar kein Wettkampf. Heute ist doch Ausflug pur!«, freute sich Lennart schon auf die Wasserfahrt und zog seine Schwimmweste über. Mit ihren vielen Schlaufen war es gar nicht so leicht, sie sachgerecht anzulegen. Deswegen gab vor dem Start jemand vom Verleih eine Einweisung und prüfte, ob alle Sicherheitsbestimmungen gut eingehalten wurden. Für jedes Kanu gab es einen wasserdichten Packbeutel, in dem man Proviant und anderes Zubehör trocken aufbewahren konnte.

Zur Grundausstattung der Kanus gehörte auch jeweils ein Wurfbeutel. Diese kleinen Nylonbeutel enthielten ein langes Seil. Sollte jemand kentern und in Not geraten, konnte so ein Beutel lebensrettend sein.

»Am Griff festgehalten, spult sich das Seil gleichmäßig ab und lässt sich gut gezielt werfen«, erklärte der Mitarbeiter des Verleihs.

»Kann man das Ding auch schleudern?«, fragte Vanessa. Das würde ihr mehr liegen.

Während Linh in ihrer Weste zu versinken drohte, musste Vanessa befürchten zu ersticken, sobald es ihr gelingen sollte, die Weste zu schließen. Michael erging es genauso.

Das erkannte auch der Mitarbeiter. »Für euch haben wir noch diese beiden speziellen Größen«, erklärte er und übergab Linh das Modell »Wasserfloh« und Vanessa und Michael das Modell ...

»... Nilpferd«, kicherte Lennart.

»Sehr witzig!«, pflaumte Vanessa ihn an. »Noch so'n Spruch und du glaubst, ein Nilpferd hätte dich in den Hintern getreten.« Vanessa drohte ihm mit einer entsprechenden Gebärde.

Michael quietschte vor Vergnügen, obwohl auch er wegen seiner Muskelpakete das große Modell bekommen hatte. Es hieß eigentlich »Robbe«.

»Es gibt auch Babyrobben«, stellte Vanessa klar und zwängte sich in das größte Modell. »Muss die Weste überhaupt sein?«, meckerte sie. »Ich kann doch schwimmen.«

»Klar!«, grinste Michael. »Fett schwimmt oben!«

Rums!

Vanessa hatte ihm einen Schlag auf den Rücken gegeben. Michael schwankte und konnte sich mit ausgestreckten Armen gerade noch so ausbalancieren, dass er nicht ins Wasser fiel.

»Der neue Ententanz?«, fragte Vanessa glucksend.

»Hört auf mit dem Quatsch!«, mahnte der Mann vom Verleih. »Ich habe keine Lust, hier jemand aus dem Wasser zu fischen, verstanden. Und ohne Weste keine Boote. Klar?«

»Klar!«, riefen alle sieben.

Und dann konnte es endlich losgehen.

Gefährliches Spiel

Jessica bestieg das Kanu vor Vanessa. So konnte sie es am Steg festhalten, während sie zuerst ein Luftkissen und dann Vanessas Rucksack entgegennahm.

Alle anderen saßen längst in ihren Booten und warteten nur noch auf die beiden.

»Uff!«, stieß Jessica erleichtert aus, als Vanessa mit einem großen Schritt und einem heftigen Ruck ins Kanu einstieg und sich zum Glück sofort hinsetzte.

»Was hast du denn alles dabei?«, stöhnte Jessica, als sie Vanessas Rucksack in dem Packbeutel verstaute und in den vorderen Fußbereich legte.

»Verpflegung, was denn sonst«, antwortete Vanessa.

»Das ist ein Kanu und keine schwimmende Imbissbude!«, kommentierte Michael.

»Gut zu wissen, dass du nachher nichts abhaben möchtest«, konterte Vanessa.

»Können wir dann mal los?«, schnaubte Michael.

Jessicas und Vanessas Kanu war nun auch endlich startklar.

»Fertig!«, rief Jessica freudig und übergab Vanessa das zweite Paddel. »Achtung! Wir kommen!«

Linh übernahm die Führung und stach ins Wasser. Fürsorglich beobachtete sie, ob alle problemlos vom Anleger wegkamen, und überlegte, ob es nicht besser sei, wenn Vanessa und Jessica weiter vorne paddelten.

Aber abgelenkt von anderen Kanuten, die den Anleger gerade verließen, und vom Anblick eines echten Schwans, der sich in den Anlegerbereich verirrt hatte, vergaß sie dann ganz, Vanessa und Jessica einen Platz weiter vorne in ihrer Kolonne anzubieten. Dicht bewachsenes Ufer, mit Feuchtpflanzen, die Linh so gar nicht kannte, zog links und rechts vorbei. Kleine Stege führten in die Hintergärten schöner Häuser.

Linh staunte. Nur wenige Hundert Meter vom Anleger entfernt konnte man sich einbilden, ganz alleine auf dem Wasser zu sein. Linh sah jetzt nur noch die glatte Wasseroberfläche vor sich, lauschte dem Paddelschlag und geriet schnell in einen tranceähnlichen Zustand. Entspannung pur!, dachte sie.

»Das ist die schönste Art zu meditieren!«, sagte auch Ilka zu Jabali, der sich noch sehr darum bemühte, das Paddel möglichst effektiv ins Wasser zu stechen.

Meditation wurde seit Neuestem in einem extra dafür eingerichteten Ruheraum in der Schule angeboten. Aber das war überhaupt nichts für Jabali. Er konnte keine zwei Minuten still sitzen oder irgendwo bewegungslos herumstehen, geschweige denn endlos auf einer Matte liegen. Paddeln aber ließ er sich gefallen, da hatte man wenigstens etwas zu tun. Er sah einer Getränkedose nach, die wohl schon einige Zeit am Ufer zwischen Ästen und Zweigen eingekeilt war. Wie ein alter Kahn rostete sie vor sich hin.

Obwohl Jessica mehr Erfahrung im Kanufahren hatte, saß sie vorne. Vanessas Körpergewicht entsprach fast dem Doppelten von Jessica. Darum war sie hinten wesentlich besser aufgehoben. Jessica trieb das Kanu mit gleichmäßigen, kraftvollen Bewegungen voran.

Vanessa war von den Einblicken in die Gärten und Villengrundstücke vom Wasser aus so beeindruckt, dass sie das Paddeln fast ganz vergaß. Sie malte sich lieber angeregt aus, wie das Leben in so einer Villa mit Zugang zum Kanal wohl war. Und während sich Jessica vorne bemühte, das Kanu möglichst gerade zu halten und das Paddel gleichmäßig links wie rechts einzustechen, legte Vanessa ihr Paddel schließlich einfach quer und beschloss, sich von Jessica fahren zu lassen.

»Schau mal!«, rief Michael von vorne. »Vanessa

lässt sich kutschieren wie eine Touristin in Venedig.«

»Du glaubst doch nicht, ich bin deine Gondoliere, oder?«, beschwerte sich Jessica sofort und sah gerade noch, wie Vanessa widerwillig zum Paddel griff und es endlich zu benutzen begann.

Michael und Lennart glitten mit sehr gleichmäßigen Schlägen über das Wasser und machten da und dort auch ein paar Kurven, die ihren Kurs verlängerten und ihn etwas abwechslungsreicher gestalteten.

»Weiter links! Links!«, schrie Jessica plötzlich. Kaum hatte Vanessa Hand an das Paddel gelegt, steuerte ihr Kanu direkt auf das rechte Ufer zu. Jessica versuchte schnell gegenzusteuern. Sie stach das linke Paddel gegen den Fließstrom ein und versuchte, den Kurs zu korrigieren. Genauso stand es in allen Lehrbüchern. Die praktische Umsetzung gelang leider nicht.

»Links! Links!« Jessicas Warnung kam viel zu spät. Der Bug bohrte sich bereits tief in das Unterholz der Uferpflanzen.

»Achtung!«, schrie Jessica Vanessa zu, während sie ihren Kopf schnell einzog und einen Zweig gerade noch rechtzeitig zur Seite biegen konnte. Vanessa hielt ihr Paddel wie einen Schutzschild

über ihren Kopf. So konnte sie den hinter Jessica zurückschnellenden Ästen zwar Paroli bieten, hatte aber nichts mehr, womit sie sich vom Ufer hätte abstoßen können. Jessica fuchtelte vorne also ganz alleine mit ihrem Paddel herum und versuchte, das Boot irgendwie wieder aus dem Dickicht herauszubekommen.

»Hilf doch mit! Drück uns mit dem Paddel vom Ufer weg!«, forderte Jessica Vanessa auf, nachdem sie den ins Wasser hängenden Baum überwunden hatten. Aber Vanessa war inzwischen damit beschäftigt zu prüfen, ob ihre neue Jacke irgendwo einen Schaden davongetragen hatte.

»Nun mach schon!«, rief Jessica verärgert.

Endlich half Vanessa und langsam löste sich das Kanu vom Ufer.

Lennart und Michael paddelten währenddessen mit den Enten um die Wette. Michael schüttelte den Kopf, während er Jessica und Vanessa mit einem Auge beobachtete.

»Besser, du hältst die Klappe, Michael! Sonst werden die bockig und dann kommen wir erst recht nicht vorwärts«, riet Lennart. Er hielt das Kanu sicher auf geradem Kurs, während Michael vorne mit kraftvollen Schlägen seine Muskeln trainierte.

Ilka und Jabali hatten Vanessa und Jessica teils schmunzelnd, teils aber auch mit Skepsis beobachtet. Erleichtert nahmen sie wieder volles Tempo auf, als auch das Kanu von Jessica und Vanessa wieder an Fahrt gewann. Ilka spürte, wie die Strömung sie vorantrieb, und genoss den sanften Fahrtwind, der ihr ins Gesicht blies.

Jetzt öffnete sich der Kanal in den großen See, der allen deutlich mehr Kraft und Geschick abverlangte als der ruhige Kanal.

»Lasst uns nach einem schönen Platz zum Anlegen schauen!«, rief Vanessa deshalb auch gleich. Der See mit seinen Strömungen und Wellen wurde ihr sofort viel zu anstrengend.

»Kommt gar nicht in die Tüte«, rief Ilka den beiden zu. »Jetzt geht's doch gerade erst los!«

Es war ohnehin nur ein kleines Stück, das sie am Rande des Sees entlangpaddelten. Denn schon nach wenigen Hundert Metern zweigte ein weiterer Kanal vom See ab und es begann eine der schönsten Strecken, die der Fluss in dieser Gegend zu bieten hatte. Hohe Bäume und dichtes Gebüsch säumten das Ufer. Dort, wo Felsen im Wasser lagen, floss es schneller und reißend. Manche Stromschnellen stachen in der Mitte des Flusslaufs mit ihrer weißen Gischt schon von Weitem aus dem bräunlichen Wasser hervor. Es galt, diese geschickt zu umfahren. Dazwischen lagen dann wieder

 große Becken mit stillerem Wasser, in denen man sich auch einfach mal etwas treiben lassen konnte.

Plötzlich ertönte ein Höllenlärm. Ilka zuckte erschrocken zusammen und Jabali hätte fast sein Paddel aus der Hand rutschen lassen.

Wie aus dem Nichts war wieder ein Jetski-Fahrer aufgetaucht und raste dicht an ihnen vorbei. In hohen Wellen spritzte das Wasser zu beiden Seiten des Jetskis und verpasste den Fünf Assen eine gehörige Dusche. Dieser Fahrer schien noch mehr Tempo draufzuhaben als der erste, den sie gesehen hatten, und sein Abstand beim Überholvorgang war gefährlich gering.

Linh schrie entsetzt auf.

»Schon wieder der Idiot«, schimpfte Michael und brüllte dem Jungen hinterher. Er hatte erkannt, dass es sich nicht um einen zweiten, sondern denselben zitronengelben Jetski handelte, der sie schon am Anleger erschreckt hatte. »Blödmann!«

Die Kanus schaukelten wie Nussschalen auf hoher See über die vom Jetski erzeugten Bugwellen.

Lennart legte das Paddel quer vor sich, hielt sich mit beiden Händen am Boot fest und versuchte so, das Kanu wieder auszubalancieren.

Den Fahrer auf dem Jetski schien es nicht die

Bohne zu interessieren, was er mit seiner Raserei auf dem Wasser anrichtete. Längst war er aus dem Blickfeld verschwunden und mit völlig überhöhter Geschwindigkeit in einen Seitenarm eingebogen. Nur das laut jaulende Motorengeräusch verriet noch, dass er unterwegs war.

»Denkt der, er ist alleine auf der Welt?«, schimpfte Lennart und schaute zurück zu Ilka und Jabali.

Die gaben ein Zeichen, dass bei ihnen alles okay war. Auch Linh hatte in ihrem Kajak wieder völlige Stabilität.

Doch hinter Ilka und Jabali trieb ein Kanu kieloben. Daneben platschte und spritzte es im Wasser.

»Hilfe!«, hörten sie Jessicas zarte Stimme rufen. »Hilfe! Wartet!«

Jessicas und Vanessas Kanu war durch die Bugwelle so stark ins Wanken geraten, dass es schließlich gekentert war.

»Wartet!«, rief Jessica wieder, die sich schon an das Kanu klammerte. Außerdem waren sie jetzt auch noch in eine der kleinen Schwellen geraten. Im Normalfall nicht gefährlich und leicht zu umpaddeln.

»Vanessa! Wo ist Vanessa?«, schrie Lennart.

Auf den ersten Blick war nichts von ihr zu sehen.

Doch dann entdeckte Linh etwas: »Dort!«

Vanessas leuchtende Schwimmweste! Nur von Vanessa selbst war nach wie vor nichts zu sehen. Irgendetwas schien ihren Körper nach unten zu drücken.

»Verdammt!«, fluchte Lennart. »Schnell! Zurück!« Aufgeregt wedelte er mit seinem Paddel. Im nächsten Moment aber stach er es schon ins Wasser. »Los! Los! Zurück zu Jessica und Vanessa!«

Michael half vorn mit, das Kanu innerhalb weniger Sekunden zu wenden. Dann legten sie alle Kraft in ihre Schläge.

Linh hatte in ihrem wendigen Kajak ebenfalls gedreht und befand sich bereits auf dem Rückweg. Kraftvoll und schnell stach sie ihr Doppelpaddel ins Wasser und nahm direkt Kurs auf Vanessa und Jessica.

Das gekenterte Kanu sah kieloben aus wie ein Wal, der sich in diesen Fluss verirrt hatte und nicht wusste, wie er sich aus dem Strudel in Ufernähe befreien sollte.

»Was ist mit Vanessa?«, fragte Linh schon von Weitem.

»Sie taucht immer wieder unter!«, keuchte Jessica und klammerte sich ans Kanu. Die Angst um ihre beste Freundin war ihr deutlich anzuhören. »Vanessa!«, rief sie verzweifelt, aber Vanessa antwortete nicht.

Jessica konnte Vanessa nicht einmal sehen, da sie sich auf der anderen Seite am umgekippten Kanu festhielt. Mühsam versuchte sie, sich Stück für Stück um das gekenterte Boot herumzuhangeln.

Sofort paddelte Linh auf Vanessas Seite, also direkt in den Strudel der Schwelle. Warum stieß Vanessa sich nicht einfach ab?

»Hilfe!« Wieder tauchte Vanessas Kopf für einen kurzen Moment auf.

Linh sah in ihr von Angst und Panik gezeichnetes Gesicht. Vanessa schien Linh gar nicht zu sehen.

Inzwischen waren auch Ilka und Jabali zurückgepaddelt. Fast bei Vanessa angekommen, ging Ilka in Hockstellung und rief Jabali zu: »Pass auf, dass wir nicht auch noch kentern!«

Sie legte ihre Schwimmweste ab, zog sich blitzschnell ihren blauen Pullover über den Kopf und warf ihn neben die Weste. Darunter trug sie nur ein leichtes Sport-Funktions-Shirt.

»Ich schwimm zu ihr«, teilte sie Jabali mit und stellte einen Fuß auf den Kanurand.

»Ohne Weste?«, fragte Jabali entsetzt.

»Sie behindert mich zu sehr, wenn ich nach Vanessa abtauchen muss«, erklärte Ilka.

»Sei bloß vorsichtig!«, gab Jabali ihr mit auf den Weg, obwohl er wusste, dass Ilka eine hervorragende Schwimmerin war.

Ilka drückte sich vom Kanurand ab und sprang mit einem Kopfsprung ins Wasser. Jabali hatte einige Mühe, das Kanu im Gleichgewicht zu halten.

»Ich helfe Ilka«, entschied Michael und sprang hinterher. Er hatte allerdings seine Schwimmweste angelassen und sprang deshalb mit den Füßen voran.

Jabali schaute zu Lennart hinüber. »Und wir?«

Lennart zuckte ratlos mit den Schultern.

»Nicht alle ins Wasser!«, rief Linh ihnen zu. »Wir müssen in den Booten bleiben und sie gleich herausziehen.«

Für einen Moment war auch Ilka verschwunden. Nur das strahlende Weiß ihres Sporthemds schimmerte durch das trübe Wasser und ließ undeutlich erkennen, wo Ilka gerade entlangtauchte. Sie glitt mit ausgestreckten Armen und Beinen wie nach dem Start bei einem Wettkampf durch das Wasser und nutzte so den Schwung ihres Kopfsprungs.

Michael schwamm Kopf über Wasser in kurzen, hastigen Schwimmzügen hinter ihr her und blieb mit seiner Weste erheblich langsamer.

Vanessa tauchte immer wieder aufs Neue ab.

Wenn die Schwimmweste sie nicht über Wasser hielt, musste sie irgendwo festhängen, begriff Ilka. Vielleicht an einer Wurzel oder hinter der Schwelle verkeilten Ästen?

»Vanessa!«, rief sie laut. »Keine Angst, ich komme und helfe dir!«

Vanessa schlug verzweifelt mit Armen und Beinen um sich. So konnte sie aber ihren Kopf nicht über Wasser halten.

Panik!, erkannte Ilka. Vanessa zappelte in Todesangst. Auf diese Weise würde sich die Weste oder womit Vanessa auch immer unter Wasser festhing, mit Sicherheit nicht lösen. Im Gegenteil: Vermutlich verschlimmerte Vanessa dadurch nur noch ihre Lage und verhedderte sich immer mehr. Außerdem war es für Ilka noch schwerer, an sie heranzukommen. Sie musste aufpassen, nicht von einem Fuß oder einer Hand getroffen und versehentlich ausgeknockt zu werden.

»Ganz ruhig, Vanessa! Keine Angst! Wir sind da«, versuchte Ilka sie zu beruhigen.

Wieder erschien Vanessas Kopf. Sie schnappte gierig nach Luft. Und tauchte erneut wild um sich schlagend ab.

Ilka hatte Vanessa nun erreicht und wollte um sie he-

 rumschwimmen, um ihr den Kopf über Wasser zu halten, damit sie Luft bekam und sich beruhigen konnte.

Ein heftiger Fußtritt gegen den Brustkorb warf Ilka zurück. Der Schmerz durchzuckte ihren gesamten Oberkörper. Für einen Moment blieb auch Ilka die Luft weg.

»Was ist los?« Michael war an Ilka herangekommen. Und von der anderen Seite, Vanessas Kopf am nächsten, tauchte jetzt auch Jessica auf, die sich immer noch am umgekippten Kanu festhielt.

Ilka holte zwei-, dreimal tief Luft, ehe sie wieder sprechen konnte.

»Vanessa hängt irgendwie fest«, erklärte sie. »Wir müssen ihr die Schwimmweste ausziehen! Aber ich komme nicht an sie heran, solange sie so zappelt.«

»Ich halte ihr die Beine fest«, schlug Michael vor.

»Nein, warte!«, sagte Ilka und rief Jessica zu: »Kommst du an Vanessas Kopf ran?«

»An ihren Kopf?«, fragte Jessica. Sie sah vor sich nur ein zappelndes Bündel.

»Versuche ihr den Kopf zu stützen, damit sie atmen kann. Nur so legt sich ihre Panik.«

»Okay!« Jessica hangelte sich dichter an Vanessa heran. »Ich probier's.« Sie löste eine Hand vom Kanu und tastete mit ausgestrecktem Arm nach Vanessas Kopf.

Gleichzeitig holte Ilka tief Luft und tauchte unter Vanessa durch, um Jessica auf der anderen Seite zu helfen. Sie kam direkt neben Vanessa hoch, umfasste mit beiden Händen ihren Hinterkopf und zog ihn aus dem Wasser.

Vanessa hustete und spuckte, konnte dann aber atmen.

»Hilfe!«, krächzte sie.

»Keine Angst! Wir holen dich da raus«, versuchte Ilka Vanessa zu beruhigen. »Jessica, halt sie so!«

Jessica legte ihren freien Arm dorthin, wo Ilka ihre Hände hatte, und stützte Vanessas Kopf mit einer Hand.

»Michael, komm her und hilf Jessica!«

Michael schwamm um Vanessa herum, die sich ein wenig beruhigte.

Gerade als Michael bei Jessica ankam, rutschte ihr Vanessas Kopf aus der Hand.

»Ich kann sie nicht mehr halten«, quiekte Jessica auf.

Doch Michael war gerade rechtzeitig zur Stelle.

Ilka tauchte ab. Und kurz darauf wieder auf.

»Ein Messer!«, rief sie. »Hat jemand ein Messer?«

Lennart griff in seinen Rucksack, zog ein Taschenmesser hervor.

»Hier!« Er warf Ilka das Messer zu.

Ilka schnappte danach – und verfehlte es knapp.

Das Messer platschte ins Wasser. Geistesgegenwärtig tauchte Ilka ab.

Sie sah das rote Messer im trüben Wasser absinken, griff danach und erwischte es.

Mit angehaltenem Atem starrten Linh und Lennart auf die Wasseroberfläche. Sie konnten nicht erkennen, was sich unter Wasser abspielte.

Jabali drückte sofort die Stoppuhr seiner Sportuhr. Wenn Ilka nicht nach spätestens 45 Sekunden auftauchte, würde er hinterherspringen.

Nach 32 Sekunden tauchte Ilka auf.

»Noch eine Schnalle«, hechelte sie. Und war auch schon wieder weg.

Jabali stellte seine Uhr auf 00:00:00 und startete erneut.

Nach 41 Sekunden tauchte Ilka wieder auf.

»Alles klar!«, verkündete sie. »Wir können ihr die Weste ausziehen.«

Michael überließ Jessica wieder das Halten von Vanessas Kopf, dann zerrte er Vanessa gemeinsam mit Ilka die Weste vom Leib.

»Geschafft!«, rief Michael erleichtert.

Auch Jessica und Ilka atmeten auf. Zu früh. Niemand dachte in dem Moment mehr daran, Vanessa zu halten. Noch halb betäubt vor Erschöpfung schwamm Vanessa los, um Jabalis oder Lennarts

Boot zu erreichen, doch ihr fehlten die Kräfte. Nun nicht mehr von einer Schwimmweste gehalten, sank sie sofort ab.

»Verdammt! Vanessa!«, stieß Ilka entsetzt aus.

Vanessa war schon zu weit weg, um sie greifen zu können.

Michael versuchte, zu ihr zu kommen. Doch seine Schwimmweste machte ihn zu langsam. Vor ihren Augen trieb Vanessa ab, die mit letzten Kräften wieder begann, wild ins Wasser zu schlagen, statt zu schwimmen.

Linh fuhr sofort mit ihrem Kajak hinterher.

Immer wieder tauchte Vanessa unter. Die Strömung war an dieser Stelle zwar nicht reißend wie in einem Wildwasserfluss, aber Vanessa schien so erschöpft, dass sie dem Strom trotzdem nicht genug entgegensetzen konnte. Und die Strömung nahm zu. Immer schneller trieb Vanessa ab.

Nur Linh konnte in ihrem Kajak das Tempo halten und die Entfernung zu Vanessa verringern.

Jabali war zu Lennart ins Boot gewechselt. Lennart hatte Ilka das Tau zugeworfen, mit dem das Kanu normalerweise am Steg festgemacht wurde. Jetzt hielt Ilka sich daran fest und ließ sich mitziehen, während die beiden Jungs alles gaben, um Vanessa einzuholen.

Michael half unterdessen Jessica zu dem Kanu, in dem eben noch Jabali gesessen hatte. Erschöpft kletterte Jessica hinein, während Michael es an der anderen Seite festhielt, damit es nicht auch noch umkippte.

Endlich hatte Linh Vanessa eingeholt. Sie warf ihr den Wurfbeutel aus ihrem Boot zu. Doch Vanessa war nicht mehr in der Lage, gezielt nach dem Beutel zu greifen.

Linh versuchte es ein zweites Mal. Wieder vergeblich.

Doch da hatten Lennart und Jabali Vanessa ebenfalls eingeholt. Ilka schwamm los, noch immer mit dem Tauende in ihren Händen, um Vanessa mit geschultem Handgriff das Seil um den Körper zu binden, damit sie nicht noch weiter abtrieb.

Jabali versuchte mit seinem Paddel das Boot auf Position zu halten, während Lennart sich zu Vanessa hinunter ins Wasser beugte, um sie herauszuziehen.

Doch sie war zu schwer.

»Ich schaffe es nicht«, stöhnte er.

»Wir müssen ins seichtere Wasser in Ufernähe«, wies Ilka ihre Freunde an.

Linh warf ihr Seil nun Ilka zu, die es zusätzlich zum ersten um Vanessas Körper band.

So zogen Linh auf der einen und Jabali und

Lennart auf der anderen Seite die schwere und völlig erschöpfte Vanessa mit ihren Booten ans Ufer.

Ilka schwamm hinterher. Auch sie spürte, wie ihre Arme und Beine allmählich zu erlahmen drohten. Doch noch hatte Ilka Kraftreserven. Bis zum Ufer würden sie reichen.

Dann endlich spürte Ilka Boden unter den Füßen. Sie konnte stehen.

Der Kajak und das Kanu liefen auf Grund. Linh, Jabali und Lennart sprangen heraus und trugen Vanessa mit vereinten Kräften an Land.

Kurz darauf kamen auch Michael und Jessica an.

»Und?«, fragte Michael schon von Weitem.

Jessica sprang aus dem Boot und rannte durchs nur noch hüfthohe Wasser auf ihre Freundin Vanessa zu, die am Ufer lag und schwer atmete.

»Alles klar!«, beruhigte Ilka. »Wir konnten sie retten.«

»Verdammt! Das war knapp«, stöhnte Lennart, der sich neben Vanessa hatte fallen lassen.

»Gib mal meinen Rucksack!«, bat Ilka Jabali.

Jabali holte Ilkas Rucksack aus dem Kanu, das sie – wie die anderen beiden Boote – ebenfalls an Land gezogen hatten.

Ilka kramte ihr Handy aus der Tasche.

»Wen rufst du an?«, fragte Michael verwundert.

»Na, wen wohl?«, fragte Ilka zurück. »Einen Rettungssanitäter natürlich.«

Vanessa ging es schon wieder erheblich besser. Doch Ilka bestand darauf, dass sie liegen blieb und sich von einem Unfallwagen erst mal ins Krankenhaus fahren ließ, um sich dort untersuchen zu lassen.

»Tut mir leid«, sagte Vanessa.

»Hä?«, fragte Ilka nach. »Was tut dir leid? Dass du wegen eines Blödmanns wie dem Jetski-Fahrer beinahe ertrunken wärst?«

Vanessa seufzte. »Ach, beim Klettern damals hab ich euch ja auch schon solch einen Ärger gemacht.«

Alle erinnerten sich, wie Vanessa sich bei einer Klettertour den Knöchel gebrochen hatte.

»Ausflüge sind wohl nichts für mich«, klagte Vanessa.

»Quatsch!«, widersprach Jabali. »Dafür sind wir doch da. Oder, Ilka?«

Er schaute Ilka an, die er ohnehin sehr gern mochte. Aber wie Ilka Vanessa gerettet hatte, das war schon Weltklasse gewesen. Genau das sagte er ihr auch.

Ilka lief rot an.

»Unsinn!«, sagte sie verlegen.

»Doch, er hat recht«, bestätigte Jessica. »Das war super.«

Vanessa hatte gar nicht mitbekommen, wer sie eigentlich wie gerettet hatte. Deshalb sagte sie nur an alle gerichtet: »Vielen Dank. Und gebt bitte meinen Eltern Bescheid.«

Dringender Verdacht

Während Linh, Jabali und Lennart einigermaßen trocken geblieben waren, trieften Ilka, Michael und Jessica nur so.

»Ihr müsst so schnell wie möglich frische Sachen anziehen«, sagte Linh. Aber auch sie hatte keine Ersatzkleidung dabei.

Ilka hatte zumindest ein Handtuch im Gepäck, konnte sich abtrocknen und danach den wärmenden Pullover überziehen, den sie vorsorglich im Kanu gelassen hatte.

»Daran hätte ich auch denken sollen«, bedauerte Michael. Er hatte – im Gegensatz zu Ilka – bei seiner Rettungsaktion nicht nur die Schwimmweste, sondern auch all seine Kleider angelassen.

Jabali zauberte seine Laufsachen, eine kurze Laufhose und ein ärmelloses Shirt, aus seinem Rucksack.

»Hier«, sagte er. »Passt dir vielleicht.«

Michael rümpfte die Nase. Aber immerhin waren die Sachen trocken. Die Trainingsjacke, die Jabali auch noch dabeihatte, spendete er Jessica.

»Ist zwar nicht rosa, aber wärmt«, sagte er schmunzelnd.

Jessica zog sich die nasse Kleidung aus. Darunter kam ein sehr schicker, natürlich rosafarbener Bikini zum Vorschein, der zwar auch durchnässt war, aber schnell trocknete, wie Jessica versicherte.

Jabalis Laufhose passte Michael zwar nur mit Ach und Krach und auch das Laufshirt platzte fast aus den Nähten. Aber immerhin konnte er beides anziehen.

»Laufkleidung sitzt eigentlich bequem weit ...«, amüsierte sich Jabali.

»Kann ich ja auch nichts für, dass du keinerlei Muskeln hast«, gab Michael zurück.

Als die Sanitäter kamen, standen alle in trockenen Sachen da.

Jessica fuhr in dem Sanitätswagen mit und begleitete Vanessa zur Untersuchung in die Klinik.

»Und wir müssen die Boote zurückbringen«, stellte Linh fest.

Michael nickte. »Aber danach will ich mich noch ein wenig umsehen. Wir können dem Jetski-Fahrer doch nicht einfach durchgehen lassen, dass der uns zum Kentern bringt!«

Jabali und Lennart stimmten ihm zu.

»Ich frage mich, warum sich niemand darum kümmert, dass das Fahrverbot auch eingehalten wird«, regte sich auch Lennart auf. Mit den Händen in die Hüfte gestützt sah er sich um, als suche er einen Polizisten, der hier seiner Arbeit nachging.

Abweichend von ihrer ursprünglich geplanten Route paddelten die Fünf Asse eine Abkürzung durch einen kleinen Seitenkanal zurück zum Bootsverleih.

Dort angekommen, berichteten die Kinder von dem Vorfall und erklärten, wo das Kanu von Jessica und Vanessa lag.

»Mit der Schwimmweste unter Wasser verheddert?«, wunderte sich der Verleiher. Ein schon etwas älterer Mann mit einer wettergegerbten Haut, einem grauen, kurzen Bart und entsprechend grauen Haaren, die er offenbar seit Monaten nicht gekämmt hatte. Offensichtlich überließ er das lieber dem Wind. Freundliche Augen sahen die Fünf Asse über eine kleine Lesebrille hinweg an, die er auf der Nase weit hinuntergezogen hatte.

Er schien sichtlich erleichtert, dass nicht noch Schlimmeres passiert war, und sagte sofort zu, sich selbst um das fehlende Boot zu kümmern. Seine größte Sorge aber galt Vanessa.

»Und mit ihr ist wirklich alles in Ordnung?«

Ilka versicherte es ihm. Das hatten ihr auch die Rettungssanitäter mitgeteilt, die Vanessa vorsorglich mit in die Klinik genommen hatten.

Trotzdem musste der Verleiher den Unfall melden und fragte Ilka deshalb noch nach einigen Details, die er sich aufschrieb.

»Sie haben den Jetski-Fahrer doch bestimmt auch gesehen?«, fragte Michael.

»Oder zumindest gehört«, ergänzte Jabali.

Der Mann nickte. Die Jetski-Fahrer seien ein wachsendes Problem auf dem Fluss, erzählte er. Außer Rettungsfahrzeugen dürften keine motorisierten Geräte aufs Wasser, aber eine Gruppe von Jugendlichen würde sich einen Spaß daraus machen, immer wieder gegen diese Vorschrift zu verstoßen.

»Ich weiß gar nicht, wo die die Dinger herhaben«, beendete er seine Ausführungen.

»Sie wissen nicht, wo die herkommen?«, wunderte sich Michael.

Der Mann zuckte mit den Schultern.

»Die kommen wahrscheinlich aus dem Ort und haben ihre geheimen Ein- und Ausstiegsstellen«, vermutete er. »Aber das kümmert ja niemanden! Alle starren nur auf die neue Wildwasserbahn und fiebern der Eröffnung entgegen. Aber

 wenn sie niemand sucht, kann sie auch niemand erwischen.«

»Wir können sie suchen«, bot Michael sofort an. »Oder?« Fragend schaute er zu seinen Freunden.

Ilka hatte im Prinzip nichts dagegen. Aber sie wollte lieber erst mal nach Hause und sich frische Kleidung anziehen. Auch Linhs Bedarf an Abenteuer war für den heutigen Tag gedeckt.

»Und du?« Michael stieß Lennart an.

Lennart zuckte unentschlossen mit den Schultern, während Michael genervt die Augen verdrehte.

»Will denn niemand mitkommen?«

»Ich glaube auch, ihr solltet nach dem Schrecken erst mal nach Hause«, riet der Verleiher.

»Aber jetzt haben wir eine Chance, sie zu finden«, entgegnete Michael. »Es ist ja keine Dreiviertelstunde her, dass der an uns vorbeigedüst ist. Bestimmt fährt der noch irgendwo herum. Oder sie tragen den Jetski gerade aus dem Wasser. Wenn wir jetzt einmal am Ufer entlangfahren würden ...«

Jabali entdeckte ein altes Fahrrad, das an das Kassenhäuschen gelehnt war.

»Leihen Sie uns ein Fahrrad?«, fragte er.

Der Mann nickte. »Wenn ihr unbedingt wollt.«

Jabali tippte Michael in die Seite. »Ich wäre dabei. Aber mit einem Rad können ohnehin nur zwei fahren.«

So einigten sie sich: Linh, Ilka und Lennart wollten im Büro des Verleihers warten, während Jabali und Michael noch mal eine Runde auf dem geliehenen Fahrrad drehen würden, um nach dem Jetski Ausschau zu halten.

»Du trittst, ich sitze auf dem Gepäckträger«, schlug Jabali schnell vor.

Doch für Michael war es mit den viel zu engen Klamotten recht schwer, sich auf dem Rad zu bewegen. Darum brach er den Versuch ab und scheuchte Jabali vom Gepäckträger.

»Außerdem bist du doch hier der Rennradler«, erinnerte Michael.

»Ja«, gestand Jabali. »Aber eben Rennrad mit möglichst wenig Gewicht und nicht so einer prallen Leberwurst im Sportzeug hintendrauf.«

»Das ist gutes Bergtraining«, konterte Michael und setzte sich auf den Gepäckträger.

Jabali stieß ihn wieder herunter.

»Lass mich wenigstens erst mal anfahren!«, verlangte er und stieg aufs Rad.

Michael lief nebenher, hielt sich mit den Händen an Jabalis Hüfte fest und sprang schließlich, als Jabali genügend Fahrt hatte, auf den Gepäckträger auf.

»Bis später!«, rief Michael den anderen noch zu.

Linh, Ilka und Lennart sa-

 hen den beiden nach, bis sie um die nächste Ecke geeiert waren.

»Wir fahren am Ufer entlang bis zur Brücke, dann rüber auf die andere Seite und zurück«, schlug Jabali vor.

»Nein, das ist zu dicht«, fand Michael. Seiner Meinung nach sollten sie an der Brücke vorbeifahren. Kurz dahinter zweigte ein Kanalarm vom Fluss ab. Nach einigen Hundert Metern begann eine kleine Schrebergartensiedlung. Gegenüber auf der anderen Seite des Flusses lagen große Villen mit eingezäunten Gärten.

»Meinst du, dort finden wir den Wahnsinnigen?«, fragte Jabali.

»Ein Jetski kostet immerhin einiges«, überlegte Michael. »Und Nachschauen kostet nichts.«

»Außer meine Kraft«, stöhnte Jabali. Der Weg stieg nach der Brücke merklich an und Jabali musste aus dem Sattel gehen und im Wiegetritt weiterfahren, um den schweren, muskulösen Michael auf dem Rad den Anstieg hinaufbefördern zu können.

Noch einen Kilometer bis zur Abzweigung. Jabali atmete tief durch. Das war ein ganz und gar verkorkster Tag!, dachte er. Erst das Kentern des Kanus und jetzt eine aussichtslose Suchaktion, die eher einem Krafttraining glich. Sie wussten gar nicht genau, wen sie suchten. Den Jungen auf dem

Jetski würden sie beide jedenfalls nicht wiedererkennen, wenn der nicht zufällig noch immer auf dem Jetski hockte.

Als Jabali den Weg durch die Schrebergärten nahm, hörten sie von Weitem schon Gegröle und lautes Lachen. Aber die Geräusche kamen nicht aus der Gartensiedlung, nahm Jabali an, sondern von der gegenüberliegenden Flussseite. Vielleicht gab einer der reichen Villenbesitzer eine Party?

Jabali fuhr weiter.

»Dort!«, rief Michael plötzlich. »Bleib mal stehen!«

Das tat Jabali nur zu gern. Er konnte gut eine Pause brauchen. Zu dumm, dass sie nicht mit ihren eigenen Rädern zum Bootshaus gefahren waren, sondern sich bequem von Vanessas Vater hatten herfahren lassen.

Michael zeigte hinüber auf das andere Ufer. Die Villen endeten an einem kleinen Spielplatz. Links davon schien so etwas wie Brachland zu sein. Im Gegensatz zu den äußerst gepflegten Gartenanlagen in der Nachbarschaft gab es hier nur Gestrüpp. Mitten auf dem Gelände stand eine alte Scheune, davor ein Auto mit Anhänger. Neben dem Anhänger hatte sich eine kleine Gruppe Jugendlicher versammelt, die so laut redeten,

lachten und grölten, dass es bis auf die andere Flussseite zu hören war. Einzelne Worte konnten Michael und Jabali allerdings nicht verstehen.

»Schau mal!«, flüsterte Michael. Er wollte vermeiden, die Jugendlichen auf sich aufmerksam zu machen. »Die Scheune! Und der Anhänger! Wäre doch ein gutes Versteck für einen Jetski.«

»Ein Wagen und ein Anhänger. Das gibt es doch überall«, stellte Jabali ernüchtert fest. »Auf dem Hänger kann auch ein Rasenmäher gestanden haben.«

»Mähst du gern Rasen?«, fragte Michael.

Jabali schüttelte den Kopf.

»Eben«, bestätigte Michael. »Und warum sollten die das tun? Die freuen sich doch!« Er zeigte auf die Jugendlichen.

»Wenn wir näher rangehen, können wir nachschauen, ob sie mit dem Ding einen Jetski transportiert haben«, schlug Jabali vor.

Michael nickte ihm zu. Dann sah er sich um, wo sie den Fluss überqueren konnten, ohne bis zur Brücke zurückfahren zu müssen. Der Weg wäre zu weit gewesen. Bis dahin konnten die Jugendlichen über alle Berge sein.

Jabali wusste, dass eine kleinere Brücke vor ihnen lag. »Die ist nur für Fußgänger. Aber mit dem Rad kommen wir rüber.«

Michael klopfte Jabali auf den Rücken. »Also los!«

Wenige Minuten später waren sie zwar auf der anderen Seite, kamen dort aber nicht so recht weiter. Es führte kein Weg am Ufer entlang. Sie mussten also entweder mit dem Rad die Straße nehmen, die zwischen den Gärten und den Villen lag, und dann vorne durch das Tor auf das Gelände mit der Scheune fahren. Oder sich zu Fuß durch die Nachbargärten heranschleichen.

»Ich hab eine bessere Idee«, sagte Jabali und fuhr los.

Michael wusste nicht, was er vorhatte, und wartete einfach mal ab. Immerhin saß er bequem auf dem Gepäckträger.

Jabali fuhr so schnell er konnte zur Straße, dann rechtsherum an dem Scheunengelände vorbei zum angrenzenden Spielplatz.

»Von hier aus können wir zur Scheune. Wenn jemand dumm fragt, sagen wir, wir suchen unseren Ball.«

»Gute Idee!«, fand Michael.

Jabali lehnte das Rad an ein Klettergerüst. Dann kraxelten beide über den Zaun, der den Spielplatz vom Scheunengelände trennte, und schlichen sich durch das Gestrüpp.

Vier Jugendliche standen neben dem Anhänger.

»Kannst du das Kennzeichen lesen?«, fragte Jabali.

Michael konnte. Der Hänger hatte ein Nummernschild, auf dem neben dem Stadtkürzel die Kombination GH 6754 stand.

»Schreib es auf!«, forderte Jabali, vergaß aber, dass Michael Jabalis Laufkleidung trug. Darin gab es weder einen Stift noch ein Stück Papier.

Jabali tippte die Nummer des Anhängers als SMS an Ilka in sein Handy. Die würde sich zwar wundern, aber das konnte er später erklären.

Der Anhänger war leer. Aber er bemerkte sofort etwas Seltsames: Auf der Ladefläche glitzerten Wasserpfützen im Sonnenlicht, obwohl es den ganzen Tag nicht geregnet hatte. Auf dem Hänger hatte sich etwas Nasses befunden. Und die Jugendlichen würden kaum Fisch eingekauft haben. Vermutlich waren sie tatsächlich auf der richtigen Spur!

Plötzlich zeigte einer der Jugendlichen auf Michael und Jabali.

»Scheiße!«, fluchte Michael und duckte sich noch weg.

Zu spät.

Der Jugendliche kam bereits direkt auf sie zu.

»Hey!«, rief er. »Was macht ihr da?«

»Weg hier!«, zischte Jabali.

Doch Michael tat das Gegenteil. Er stand einfach auf. Sein Oberkörper ragte aus dem Gestrüpp hervor wie ein Leuchtturm aus dem Wasser.

»Hi!«, grüßte Michael ganz cool. »Habt ihr unseren Ball gesehen?«

Jabali wäre am liebsten im Erdboden versunken. Er konnte flunkern, Späße machen und Geschichten erzählen, aber lügen fiel ihm wahnsinnig schwer. Michael hingegen wurde dabei noch nicht einmal rot. Auch wenn man auf Jabalis brauner Haut nicht erkannte, dass er errötete, sein Gesicht, der Schweiß auf der Stirn und die etwas piepsige Stimme verrieten trotzdem immer, wenn er log. Und das größte Problem: Jabali hatte Angst, dass ihm im entscheidenden Moment die richtigen Worte fehlten. Auf keinen Fall wollte er mit den Jugendlichen reden.

Michael hingegen hatte nicht die geringsten Probleme.

»Ball?«, fragte der Jugendliche. »Was denn für einen Ball?«

»Wir haben Fußball gespielt«, behauptete Michael. »Und mein Freund hier ...«, er packte Jabali am Genick und zog ihn aus dem Gestrüpp, »... hat den Ball über den Zaun gesemmelt. Jetzt suchen wir ihn.«

Der Junge sah Michael verwundert an.

Denn der stand in viel zu enger Laufkleidung vor ihm, sah wirklich ein wenig aus wie

 eine Presswurst in der Pelle und behauptete, er hätte in diesem Aufzug Fußball gespielt.

»Also?«, setzte Michael selbstbewusst nach. »Gesehen oder nicht gesehen?«

»Nicht gesehen«, murmelte der Junge. »Verschwinde!«

Jabali wollte sich sofort umdrehen und abhauen.

Michael hielt ihn fest. »Aber er muss hier irgendwo sein!«

»Ne, der ist hier nicht«, grummelte der Jugendliche unfreundlich. »Zieh Leine!«

»Ich würde ja auch lieber Jetski fahren. Hab aber keinen. Deshalb brauche ich meinen Ball«, beharrte Michael.

Jabali dachte, Michael spinnt. Wie konnte er den Jugendlichen direkt auf den Jetski ansprechen? War Michael lebensmüde geworden?

Prompt drehte der Jugendliche sich wieder zu Michael um und blickte ihn finster an. »Was weißt du von einem Jetski?«

»Ich hab ihn gesehen. Cooles Teil. Aber leider zu teuer für mich. Ich wusste auch gar nicht, dass man hier damit fahren darf. Find ich super!«

»Ja, ist cool!«, gab der Jugendliche ihm recht. »Und nun hau ab!«

Eines musste man Michael lassen, dachte Jabali, in ihm steckte großes schauspielerisches Talent.

Und sie hatten ein Geständnis! Zumindest indirekt hatte der Junge gerade bestätigt, dass sie den Jetski besaßen. Über die Schulter des Jugendlichen hinweg sah Jabali, wie einer der drei anderen das Scheunentor abschloss.

»Was ist denn, Felix?«, rief ein Dritter den Jungen, mit dem Michael gerade sprach.

Jetzt konnte Jabali nichts in sein Handy tippen. Den Namen also musste er sich so merken. Felix!

»Ich komme!«, rief Felix zurück und wandte sich wieder Michael zu.

»Das verleiht ihr nicht, oder?«, fragte Michael.

Jabali fand, dass Michael es jetzt eindeutig zu weit trieb. Sie sollten machen, dass sie fortkamen!

Doch Michael war nicht zu bremsen: »Ich wollte so ein Ding schon immer mal fahren und habe euch vorhin vom Ufer aus auf dem Fluss damit gesehen! Vielleicht kann ich mal mit?«

Der spinnt komplett!, dachte Jabali.

»Felix! Was ist?«, wurde Felix wieder gerufen. Die drei Jugendlichen kamen auf Felix, Michael und Jabali zu.

»Er will mal Jetski fahren.« Felix zeigte auf Michael.

»Hä?«, fragte der, der das Scheunentor verschlossen hatte. »Das ist ein Kleinkind!«

»Im Urlaub bin ich so was

 schon mal gefahren«, schwindelte Michael weiter.

Jabali ahnte nichts Gutes. Michael verstrickte sich immer mehr in seinem Lügengebäude. Es war nur eine Frage der Zeit, dass alles aufflog.

»Woher will der überhaupt wissen, dass wir einen Jetski haben?«, fragte der dritte Junge.

»Er hat uns gesehen«, antwortete Felix.

Mist!, fuhr es Jabali durch den Kopf. Jetzt ist alles aus.

Der Jugendliche kam noch dichter an Michael und Jabali heran. Bedrohlich nahe.

»Gesehen?«, wiederholte er mit schneidender Stimme. »Du hast niemanden gesehen, verstanden? Weder uns noch einen Jetski. Ist das klar?«

Jabali wich unwillkürlich einen Schritt zurück.

Michael blieb stehen. »Mit anderen Worten: Du verleihst deinen Jetski nicht?«

Jabali bewunderte seinen Freund. Nicht mal ein Zittern war in seiner Stimme zu bemerken. Wie schaffte Michael es, sich den vier Jugendlichen so mutig entgegenzustellen?

»Hier gibt es nichts zu verleihen!«, stellte der Jugendliche klar. »Schon gar keinen Jetski. Weil du hier auch nie einen gesehen hast. Und nun verschwinde.«

»Okay«, sagte Michael lässig. »Schönen Tag noch. Tschüss.«

Er drehte sich um, gab Jabali einen kleinen Klaps und stiefelte dann mit ihm langsam durch das hohe Gras zurück zum Zaun.

Jabali sah sich dabei mehrmals vorsichtig um. Ob die Jugendlichen sie wirklich unbeschadet ziehen lassen würden?

Als Jabali sich das zweite Mal umsah, bemerkte er, wie sich der Jugendliche, den sie Felix nannten, seine Jacke auszog, wohl, weil ihm zu warm geworden war. Er warf sie einfach über die Schulter. Unter der Jacke trug Felix ein Fußball-Trikot, aber nicht das eines großen Vereins, von dem Felix vielleicht Fan war, sondern eines, das Jabali nicht kannte. Vermutlich sein eigener Stadtteilverein, vermutete Jabali. Denn auch den Namen, der über der Nummer 10 gedruckt war, kannte Jabali nicht aus dem Profifußball: Niewöhner. Vielleicht war es sein eigener Name: Felix Niewöhner!

Wenn das stimmte, war ihr Auftritt mehr als erfolgreich gewesen. Sie hatten nicht nur den Jetski gefunden, sondern hatten auch noch die Autonummer des Anhängers und den vollständigen Namen eines seiner Fahrer oder gar Besitzers: GH 6754 und Niewöhner.

Schnell stiegen Jabali und Michael wieder aufs Rad und fuhren los.

Bloß weg hier! Bevor sie

 sich noch richtigen Ärger einhandelten!, dachte Jabali.

»Ich wette mit dir, dass der Jetski in der Scheune steht!«, vermutete Michael.

Davon war auch Jabali überzeugt.

»Wenn wir das der Polizei erzählen, dann kann sie endlich was gegen die Typen unternehmen und sie vielleicht auf frischer Tat ertappen«, glaubte Michael.

»Du willst zur Polizei? Jetzt?«, fragte Jabali. Er war sich nicht sicher, ob die Polizei etwas unternehmen würde. Lieber sollten sie dem Besitzer des Bootsverleihs Bescheid geben, schlug Jabali vor. Dem würde die Polizei vermutlich eher glauben, wie schlimm ein Jetski-Fahrer auf dem Fluss war. Außerdem mussten sie ja ohnehin das Rad abgeben. Da konnte der Mann vom Verleih gleich die Polizei rufen.

Michael erklärte sich mit Jabalis Vorschlag einverstanden.

»Muuuuh-muuuuh«, meldete sich in dem Moment Michaels Handy.

Jabali hatte das Gemuhe aber nicht sofort als Klingelton erkannt und wäre vor Schreck fast vom Rad gefallen, weil er glaubte, eine echte Kuh käme gerade auf sein Rad zugerast.

»Mann!«, schimpfte er, als er sah, um was es sich in Wirklichkeit handelte.

Michael hatte sein Telefonat angenommen.

»Hallo?«

»Tickst du nicht mehr richtig?«, zischte Jabali.

Michael grinste ihn an. Erst kürzlich hatte er sich diesen neuen Klingelton aufgespielt.

»Hallo Linh!«, rief er ins Handy.

Jabali blieb stehen, hörte zu, konnte aber nichts verstehen.

Nach kurzer Zeit legte Michael auf.

»Vanessa geht es gut«, berichtete er. »Ihr Vater kommt gleich zum Bootsverleih. Er will wissen, wie es zu dem Unfall kommen konnte.«

»Das passt ja«, stellte Jabali fest. »Wir sind auch gleich da. Wenn mich dein Kuh-Klingelton nicht wieder vom Fahrrad reißt. Ein Muhen als Klingelton. So was Dämliches!«

»Ich find das cool. Besser als deiner!«

Jabali hatte eine Zeit lang einen Startschuss als Klingelton, der regelmäßig alle hatte aufschrecken lassen. Inzwischen hatte Jabali seinen Klingelton gewechselt. Seitdem ertönte eine Fahrradklingel, wenn ihn jemand anrief.

Eine knappe Stunde später hatten Jabali und Michael Vanessas Vater, dem Mann vom Bootsverleih und Lennart, Linh und Ilka von ihren Ermittlungsergebnissen erzählt.

»Jetski fahren ist auf diesem Fluss strengstens verboten!«, versicherte der Verleiher noch einmal. »Aber gegen die Rowdys kommt man nur schwer an.«

»Aber was sie tun, ist gefährlich. Ohne die Bugwelle von dem Jetski wäre nichts passiert«, versuchte Michael klarzustellen.

»Und ihr habt den Jetski dort in der Scheune gesehen?«, fragte Ilka nach und sah dann den Verleiher an. »Sollten wir da nicht sofort die Polizei rufen?«

»Gesehen haben wir den Jetski nicht«, gaben Jabali und Michael zu. »Aber die Jugendlichen haben ja zugegeben, dass ihnen der Jetski gehört.«

»Mehr oder weniger«, räumte Jabali ein.

»Ich bin sicher, dass dieser Felix ihn dort untergestellt hat«, sagte Michael.

Linh runzelte die Stirn. Sie wusste, dass Michael sich seiner Sache immer sehr schnell sicher war und auch ebenso schnell andere Leute verdächtigte. Nicht immer stellten sich seine Vermutungen später als richtig heraus. Im Gegenteil. Meistens lag Michael daneben.

Der Verleiher wiegte den Kopf hin und her.

»Ich weiß nicht«, zögerte er. »Auf bloßen Verdacht hin jemandem die Polizei ins Haus zu schicken ... Da habe ich ein mulmiges Gefühl.«

»Bloßer Verdacht?«, empörte sich Michael. »Die waren das. Hundertprozentig!«

Auch Jabali zweifelte nicht wirklich daran.

»Ich gehe morgen zur Polizei«, verkündete Michael. »Wenn es sonst keiner tut.«

»Schon gut, schon gut«, beschwichtigte der Verleiher. »Ich rufe die Wache gleich an. Aber ihr geht jetzt endlich nach Hause! Es ist kühl geworden. Und ihr seid nur in euren dünnen Sachen.«

»Ich bringe euch nach Hause«, versprach Vanessas Vater. »Danach fahre ich noch mal zu Vanessa in die Klinik. Sie wird nachher entlassen.«

Angriff auf Michael

Am Vormittag klingelte Michaels Handy. Mitten im Unterricht. Das Benutzen von Handys war in der Schule verboten. Doch Michael sah überhaupt nicht ein, sein Handy zu Hause zu lassen oder abzuschalten. Jeder Erwachsene trug sein Mobiltelefon während der Arbeit bei sich. Warum sollten für Schüler andere Regeln gelten?, fragte er sich. Damit es nicht auffiel, stellte Michael sein Handy immer auf lautlos.

Trotzdem zuckte er zusammen, als es plötzlich in der Hosentasche vibrierte. Ohne den Lehrer aus den Augen zu lassen, sah Michael nach, wer ihn da erreichen wollte, und erkannte die Nummer sofort: der Bootsverleiher.

Gleich in der ersten Pause sperrte sich Michael auf der Toilette ein und rief zurück.

»Bootsverleih Schröder«, meldete sich jemand.

»Hallo«, flüsterte Michael so geheimnisvoll wie ein Agent im Film, der aus dem Hauptquartier der Gauner seinen Chef kontaktiert. Dabei saß er doch nur auf dem Schulklo.

»Gut, dass du anrufst«, sagte Herr Schröder.

»Die Polizei war gestern Abend noch hier und hat gleich in der Scheune nachgesehen. Dort war kein Jetski.«

»Was?«, schrie Michael auf.

Lennart und Jabali, die vor der Toilettentür warteten, sahen sich verwundert an.

Linh und Ilka standen draußen auf dem Flur vor der Jungentoilette. Auch Jessica und Vanessa kamen dazu und wollten wissen, was los war.

»Ihr sollt zur Polizei kommen und eine Aussage machen«, teilte Herr Schröder mit. »Irgendwann im Laufe des Tages.«

Die Nachricht war der Hammer.

Auch Jabali konnte es nicht fassen, als Michael ihm davon erzählte.

Natürlich warteten Michael und seine Freunde nicht bis »irgendwann«, um ihre Aussage zu machen, sondern düsten sofort nach der Schule zur Wache. Auch Jessica und Vanessa kamen mit.

»Also«, erklärte der diensthabende Polizist. »Dann noch mal von Anfang an. Wir brauchen eure Aussage fürs Protokoll.« Er setzte sich vor einen Computerbildschirm. »Für eine Anzeige gegen Unbekannt.«

»Wieso Unbekannt?«, fragte Michael. »Uns sind die bekannt. Wir haben doch schon eine Fährte!«

»Der sind wir gestern nachgegangen. Wir haben dort nichts entdeckt.«

»Die haben was geahnt«, vermutete Jabali, »und den Jetski verschwinden lassen. Aber ich habe die Nummer des Anhängers. GH 6754. Und einen Namen: Felix Niewöhner.«

»Na, das ist doch schon einiges. Aber die Scheune ist gemeldet auf einen Herrn Bach, Friedrich Bach«, bemerkte der Polizist. »Könnt ihr das Modell beschreiben?«

Michael und die anderen schüttelten die Köpfe. Gelb war der Jetski gewesen, aber viel mehr wussten sie nicht.

»Wir kümmern uns drum«, versprach der Polizist und verabschiedete sich.

»Das war's?«, fragte Michael enttäuscht.

Der Polizist nickte bedauernd. Mehr konnte die Polizei im Moment nicht unternehmen.

Geknickt verließen die Fünf Asse plus Vanessa und Jessica die Wache.

»Das heißt, jetzt fährt der Wahnsinnige weiter?«, fragte Vanessa.

Das konnte sich Linh nicht vorstellen. »Vielleicht sind die jetzt erst mal vorsichtiger geworden?« Aber das hoffte sie mehr, als dass sie es wusste.

»Ich gehe nach Hause«, verkündete Lennart.

»Und dann?«, fragte Jabali enttäuscht. Er dachte, dass sie weitere Nachforschungen anstellen würden.

»Dann schaue ich im Internet nach, ob ich das Jetski-Modell finde«, sagte Lennart grinsend. »Ihr glaubt doch nicht, dass wir so schnell aufgeben!«

Unter Freudengeheul machten sich alle auf zu Lennart.

Bei Lennart trafen sich die fünf höchst selten. Insofern war sein Zimmer den anderen Assen fast so unbekannt wie Jessica und Vanessa. Aber es nahm sich ohnehin niemand die Zeit, sich im Zimmer umzusehen.

Lennart schaltete seinen PC ein, die anderen setzten sich im Halbkreis hinter ihn und schauten ihm über die Schulter.

Er hatte schnell die entsprechenden Seiten gefunden und alle staunten, wie viel verschiedene Bauarten es an Jetskis gab.

»Unmöglich rauszukriegen, welches Modell dieser Felix fuhr«, sagte Michael und wandte sich enttäuscht vom Bildschirm ab.

»Vielleicht finden wir es durch die Farbe!«, schlug Linh vor. Sie tippte Lennart an, der tauschte mit ihr den Platz. »Wenn wir Glück haben, bietet nur ein Hersteller dieses Zitronenfaltergelb an.« Geduldig begann sie, sich durch die Seiten zu kli-

cken, und studierte unermüdlich die verschiedenen Angebote.

Und tatsächlich! Nur einer der vielen Anbieter hatte eine Lackierung im Angebot, deren Farbe zu dem Jetski auf dem Fluss passte.

»›Baywatch‹ heißt die Farbe!«, rief Linh und verzog dabei das Gesicht zu einer Grimasse. »Das muss es gewesen sein!«

»Ausgerechnet diese Spinner heizen mit dem Modell ›Küstenwache‹ durch die Gegend«, schnaubte Michael.

Linh drehte den Monitor so, dass alle einen besseren Blick darauf werfen konnten. Sie drückte die Maustaste und auf dem Monitor baute sich formatfüllend ein Bild auf: ein Jetski, der schon auf dem Trailer, wie die speziellen Anhänger zum Transport auf der Straße hießen, zu rasen schien. Die gelb-schwarze Lackierung war so geschickt aufgetragen, dass der Jetski noch schneller aussah, als er ohnehin war. »Breite ... Länge ... Motor ... Hubraum ... Leistung ... Treibstoff ... Einlasssystem ... Einspritzung ... Trockengewicht ... Tankinhalt ...«, murmelte Linh leise vor sich hin. »Da haben wir alles, was wir brauchen.«

»Super Idee von dir! Das drucken wir aus«, beschloss Michael und klopfte Linh freudestrahlend auf die Schulter. »Damit kann die Polizei bestimmt was anfangen.«

Sichtlich beeindruckt vom Fleiß der Schüler nahm der Beamte die Modellbeschreibung entgegen, die Michael ihm noch am gleichen Tag vorbeibrachte.

»Ich denke, das hilft uns ein wenig weiter«, sagte er und verabschiedete sich. »Wir haben ja auch die Nummer des Anhängers und den Namen. Ich denke, da werden wir noch mal nachfragen.«

»Dann kann ich ab morgen hoffentlich wieder ungestört trainieren«, freute sich Michael. »Ich will ja an dem Wettbewerb der neuen Wildwasserbahn teilnehmen.«

»Na, dann wünsche ich dir alles Gute«, sagte der Polizist.

Längst hatte Michael sich bei Frau Kick die Erlaubnis eingeholt: In den kommenden zwei Wochen durfte er sich täglich eines der Schulkanus leihen. Einem regelmäßigen ausgewogenen Kraft- und Techniktraining stand also nichts im Weg.

Gleich am nächsten Tag legte er los. Gut gelaunt kam er zwar am Anleger an. Doch als er sich die Sicherheitsweste anzog, hatte er doch ein mulmiges Gefühl. Der Unfall und die Rettungsaktion steckten ihm noch sehr in den Knochen. So etwas wollte er auf keinen Fall noch mal erleben.

 Der Anleger der Schule lag zwar etwas entfernt von dem des Bootsverleihs. Aber seine Trainingsstrecke führte an der gleichen Stelle vorbei, an der sich der Unfall durch den Jetski ereignet hatte. Sicherheitshalber hatte Michael noch mal genau in seinem Trainingsbuch nachgeschaut, was man im Falle einer Kenterung am besten tun sollte. Er wusste, dass diese Anleitungen in Wirklichkeit immer schwieriger umzusetzen waren als beschrieben. Es klang merkwürdig, aber wer beim Paddeln das Kentern vermeiden will, muss kentern können, hatte dort gestanden. Die Angst zu kentern verminderte die Sicherheit im Boot.

Auch wusste Michael, dass es nicht besonders klug war, allein zu paddeln. Aber nur er wollte an dem Wettbewerb teilnehmen. Für die anderen blieb der Kanusport ein Freizeitvergnügen. Zusätzlich zu ihren üblichen Trainings wollten – und konnten – sie nicht noch täglich ein straffes Kanutraining absolvieren. Genau das aber hatte Michael vor, und so blieb ihm gar nichts anderes übrig, als die meiste Zeit allein zu paddeln.

Michael schüttelte alle düsteren Gedanken ab, stieg ins Boot und stieß sich kraftvoll vom Anleger ab. Er begann das Training, das er sich mithilfe seines Lehrbuchs erstellt hatte.

Die Übungen klappten hervorragend. Michael fühlte sich gut. Seine Form war besser, als er erwartet hatte, und er glaubte, auch recht schnell unterwegs zu sein. Er sah auf seine Uhr, aber noch fehlten ihm Vergleichswerte. Plötzlich hörte er einen lauten Pfiff. Michael hielt einen Augenblick inne und schaute sich um. Jetzt erst fiel ihm auf, dass er sich an der gleichen Stelle befand, an der der Unfall passiert war. Michael horchte, doch von einem Motor hörte er nichts. Kein Jetski in der Nähe.

Erleichtert atmete Michael auf. Der Pfiff hatte sicher auch nichts zu bedeuten. Galt zumindest bestimmt nicht ihm, da war er sich sicher. Obwohl er mit einem kurzen Seitenblick zum Ufer wahrnahm, dass dort ein Busch wackelte, als ob jemand darin herumkroch.

Sicher nur ein Kaninchen oder so, beruhigte sich Michael. Er sah ja schon Gespenster. Schnell paddelte er weiter.

Und dann sah er doch etwas! Aus dem Busch sprang ein Jugendlicher hervor. Einer der vier, die er mit Jabali an der Scheune gesehen hatte. Also möglicherweise einer der Jetski-Fahrer.

Michael fluchte vor sich hin. Zum Glück aber stand der Jugendliche am Ufer und befand sich nicht auf einem Boot im Wasser oder, noch schlimmer, auf einem Jetski.

Trotzdem paddelte

 Michael schneller, ohne das Ufer aus den Augen zu lassen.

Der Jugendliche streckte seine Hand in die Luft.

Vermutlich ein Zeichen, schoss es Michael durch den Kopf. Er wusste allerdings nicht, was es bedeuten sollte. Ob es ihm galt? Michael war es egal. Er tat einfach so, als ob er den Jugendlichen nicht gesehen hätte, und erhöhte noch einmal sein Tempo.

Im gleichen Moment schoss ein breites Ruderboot hinter einem dicht belaubten, ins Wasser hängenden Baumast hervor. Michael drohte mit seinem Bug voll in die Breitseite des Ruderboots zu sausen. Nur mit Mühe konnte er ausweichen und geriet dabei stark ins Schwanken. Noch bevor er wieder im Gleichgewicht war, schien ihn etwas von hinten ins Wasser zu drücken. Michael drehte sich um und schaute Felix Niewöhner direkt in die Augen, der in einem Kanu hinter ihm aufgetaucht war, mit der Hand Michaels Heck gegriffen hatte und den Linksruck verstärkte, den Michaels Boot beim Ausweichen gemacht hatte. Michaels Kanu geriet so noch mehr in Schieflage. Eindeutig ein gezielter Angriff!, begriff Michael.

»Wir hatten dir doch gesagt, du hast nichts gesehen!«, sagte Felix drohend.

»Aber ...«

Mit einem Ruck stieß Felix Michaels Kanu vollends um.

Mit einem Aufschrei landete Michael im Wasser. Für einen kurzen Moment sah er die Bilder der Anleitung in seinem Kopf und von da an lief alles wie in einem Film ab. Instinktiv befreite er sich so schnell wie irgend möglich aus dem Kanu und versuchte, den Kopf über Wasser zu bekommen. Aus der Ferne hörte er trotz des Wasserrauschens hämisches Gelächter. Er sah aber niemanden. Nur sein Kanu. Kieloben. Das Wasser war unangenehm kalt.

Felix und die beiden im Ruderboot, die ihm den Weg versperrt hatten, waren stromabwärts abgehauen.

»Mist! So ein Mist!«, schimpfte Michael. Dann versuchte er sich zu beruhigen, um ganz nach Plan vorzugehen, genau so, wie er es gelesen hatte. Er schwamm unter sein Kanu, hob es auf der einen Seite leicht an, um das Vakuum zu überwinden. Nicht ganz in der Mitte griff er die vordere Seite des Kanus und wollte es mit so viel Schwung hochstoßen, dass es sich in der Luft drehen und vollständig entleert wieder kielunten landen würde. So war der Plan. Aber Michaels Schwung genügte nicht. Das Boot fiel in seine ursprüngliche Lage zu-

 rück. Er versuchte es ein zweites Mal. Leicht anheben, Vakuum überwinden und noch mal mit ganzem Schwung in die Luft stoßen. Diesmal drehte sich das Boot wie in der Anleitung beschrieben.

»Und weiter!«, spornte sich Michael selbst an. Er schwamm mit den Beinen nach hinten an, schob den Oberkörper ins Boot, ließ sich auf den Bootsboden fallen, legte ein Bein auf die andere Bootsseite, kam wieder auf den Sitz zurück und – geschafft! Die Aktion war geglückt. Sie hatte beim zweiten Versuch kaum mehr als eine halbe Minute gedauert.

Doch die gemeine Attacke hätte böse enden können. Was, wenn Michael sich nicht noch mal genau in seinem Buch angeschaut hätte, wie man sich beim Kentern selbst rettet? Was, wenn er nur als ahnungsloser Freizeitfahrer, vielleicht wie Vanessa, hier entlanggepaddelt wäre? Dann wäre er vielleicht genau wie sie am Vortag in eine ernstlich bedrohliche Lage geraten. Die Jungs konnten nicht wissen, dass er im Training stand und sich deshalb besser selbst helfen konnte, als viele andere es geschafft hätten. Offenbar war das den Jugendlichen egal oder sie waren so einfältig, dass sie darüber nicht einmal nachgedacht hatten.

Michael ließ alles noch mal wie einen Film vor seinem inneren Auge ablaufen. Offenbar hatte der

Typ am Ufer die Aufgabe gehabt, den anderen sein Kommen anzuzeigen und ihn abzulenken, was ihm mit seinem Pfiff ja auch gelungen war. So hatte Michael weder das plötzlich auftauchende Ruderboot noch Felix gesehen, der ihn von der anderen Seite zur Kenterung brachte.

Und vor allem: Die vier hatten ihn nicht zufällig getroffen. Sie hatten ihm aufgelauert. Vielleicht sogar Stunden ausgeharrt. Nur um ihm diesen Warnschuss vor den Bug zu knallen. Michael verstand: Die meinten es ernst!

»Das war's dann für heute!«, murmelte Michael enttäuscht vor sich hin und beobachtete, wie das Wasser aus seinen Hosen rann. Seine Lust auf Training war auf den Nullpunkt gesunken. So durchnässt und frierend konnte er es ohnehin nicht fortsetzen. Außerdem konnte es durchaus sein, dass die Typen ihm noch mal auflauern würden. Also paddelte er klatschnass stromaufwärts zurück zum Anleger. Trotz der Anstrengung, die dieses Paddeln gegen den Strom bedeutete, wurde ihm nicht mehr richtig warm. Der aufkommende Wind kühlte ihn zusätzlich aus. So schnell wie möglich trocken und wieder warm werden, dachte Michael bei jedem Schlag.

Es dauerte fast eine halbe Stunde, ehe er erschöpft den

Anleger erreicht hatte und endlich in die dort hinterlegte Ersatzkleidung schlüpfen konnte. Eine Kenterung konnte mit einem Kanu passieren, auch unter normalen Umständen. Zum Beispiel, wenn plötzliche Windböen das Wasser aufbrachten und sogar auf den Seitenarmen dieses Sees Wellengang entstand, wie man ihn von größeren, offenen Gewässern gewohnt ist. Oder die Bugwelle, die Vanessas Kanu zum Kentern gebracht hatte. Aber Jugendliche, die es gezielt darauf angelegt hatten, ihn zur Kenterung zu bringen. Das waren keine normalen Umstände!

Michael wrang seine Hose und sein T-Shirt notdürftig aus, bevor er beides in seinem Rucksack verstaute. Anschließend zog er das Kanu aus dem Wasser rauf auf den kleinen Rollwagen, fuhr das Boot in den Schuppen, den die Schule hier direkt am Anleger gemietet hatte, schloss ab und steckte den Schlüssel ein. Da er im Moment täglich trainierte, durfte er diesen Schlüssel, der für Schüler bestimmt war, für eine Woche behalten und musste ihn nicht immer wieder gleich im Hausmeisterbüro abgeben.

Dann radelte er schnell nach Hause. Vielleicht schaffte er es noch, Lennart, Jabali, Linh und Ilka zusammenzutrommeln, um ihnen von dem Vorfall zu erzählen. Oder wenigstens einem von ihnen.

Kaum zu Hause angekommen, rief er Jabali an.

»Du bist gar nicht auf dem Wasser zum Trainieren?«, wunderte sich Jabali.

»Doch, war ich ja, aber die Typen waren wieder da.«

»Mit dem Jetski?«, fragte Jabali.

»Nein, schlimmer«, berichtete Michael. »Mit einem Kanu und einem Ruderboot. Sie haben mir aufgelauert.«

Jabali stockte der Atem. Er hatte ja gemeinsam mit Michael die Scheune entdeckt und der Polizei davon erzählt. Also hatten dieser Felix und seine Jungs ihn genauso im Visier wie Michael. Unter diesen Umständen würde Jabali sich nicht mehr aufs Wasser trauen.

Jabali versprach, sich sofort um ein Fünf-Asse-Treffen bei Linh zu kümmern.

»Bei dir können wir uns ja vermutlich nicht treffen, oder?«

»Ne, ist schlecht«, gab Michael zu. Michael besaß keine Sitzgelegenheiten für Gäste.

Zwei Stunden musste Michael noch warten, ehe sich alle fünf bei Linh eingefunden hatten. Mehr als sonst erschien Michael Linhs Zimmer wie eine nicht nur grüne und ruhige, sondern vor allem friedliche Oase mitten in der Stadt. Man konnte sich

 einfach nicht vorstellen, dass einem hier etwas passieren könnte.

»Was sollen wir denn jetzt machen?«, fragte Michael am Ende seines ausführlichen Berichtes in die Runde. »Ich kann doch wegen so ein paar Blödmännern mein Training nicht einstellen.«

Die anderen waren seinen Erzählungen aufmerksam gefolgt und stimmten ihm nickend zu. Aber für eine ganze Weile herrschte Stille. Alle waren so schockiert, dass es ihnen die Sprache verschlagen hatte.

Natürlich hatte Michael recht. Man konnte sich nicht einfach so von einer Handvoll Jugendlicher vom Training abhalten lassen. Aber man konnte sich auch nicht täglich überfallen und ins Wasser werfen lassen!

Jabali rieb sich den Hinterkopf, wie immer, wenn er angestrengt nachdachte. Linh saß majestätisch in ihrem Judositz auf dem Bett und schaute konzentriert auf einen Punkt vor sich. Auch sie dachte nach.

Was sollten sie bloß tun?

Es der Polizei zu melden, würde ihnen auch nicht sehr viel weiterhelfen. Schließlich konnte die Polizei nicht rund um die Uhr jeden Abschnitt des Flusses bewachen. Das konnte niemand. Und somit konnte ihnen auch niemand helfen. Sie waren sich auch einig, dass keine Aussicht darauf bestand, die Jugendlichen zu besiegen. Sie waren größer, älter und stärker als die Fünf Asse.

Ilka stöhnte laut. »Die führen sich auf, als ob ihnen der Fluss gehört«, schimpfte sie wütend. Sie erhob sich von ihrem Sitzkissen, stapfte zum Fenster, drehte dort um, stapfte zurück und setzte sich wieder. Sie war nur wütend. Eine Lösung hatte sie nicht.

Linh wechselte die Stellung und machte einen Kopfstand. Manchmal half ihr das, wenn ihr nichts einfiel.

»Da kannst du dich lange auf den Kopf stellen«, schnaubte Jabali. »Das nützt auch nichts. Wir haben keine Chance gegen die. Gibt es keinen anderen Fluss zum Trainieren?«

Michael sprang auf. »Ich lass mich doch nicht von unserem Fluss vertreiben. Das Bootshaus unserer Schule liegt da. Der Bootsverleih. Wir können uns doch nicht alle verziehen wegen diesen Dumpfbacken!«

»Wir können dich ja begleiten«, bot Jabali an.

»Danke«, sagte Michael und warf Jabali ein freundliches Lächeln zu. »Wenn die sehen, dass ihr da seid, dann lassen die mich – vielleicht – in Frieden. Aber sobald ich allein unter-

 wegs bin, tauchen sie wieder auf.« Daran zweifelte Michael nicht eine Sekunde.

Lennart nickte mit ernster Miene. »Vermutlich beobachten die jetzt alles, was sich am Fluss tut. Keine Ahnung, woher die so viel Zeit nehmen, aber irgendwie haben die ja auch mitbekommen, dass du dort bist.«

»Trotzdem sollten wir denen erst mal zeigen, dass wir uns nicht einschüchtern und nicht vertreiben lassen.« Kampfbereit sprang Ilka auf und ballte die Faust.

Linh seufzte. Sie war die beste Kämpferin in der Runde. Sie würde vermutlich noch am ehesten gegen die Jugendlichen ankommen. Allein schon, weil sie wegen ihres kleinen, schmächtigen und zarten Körpers sicher vollkommen unterschätzt werden würde. Trotzdem lehnte sie Kämpfe außerhalb des Sports am stärksten ab.

Doch Ilka hatte recht. Das wusste auch Linh. Sie durften sich nicht einfach so vertreiben lassen und mussten ein Zeichen setzen. Und: Sie mussten herausbekommen, ob die Jugendlichen nun wirklich die ganze Zeit den Fluss bewachten. Vielleicht machten sie sich viel zu große Sorgen und der Angriff auf Michael war nur eine einmalige Aktion gewesen? Schon für den kommenden Tag vereinbarten die fünf, Michael zum Training zu begleiten.

Zahltag

Diesmal teilten sich Linh und Lennart und Jabali und Ilka jeweils ein Kanu. Michael trainierte in einem Kajak. Weil sie drei Boote brauchten, starteten sie wieder vom Anleger des Bootsverleihs. Sie würden also auf jeden Fall wieder die Stelle passieren, an der nun schon zweimal die Jetski-Jugendlichen aufgetaucht waren.

Michael spürte, wie die Anspannung in ihm stieg. Hoffentlich, so betete er innerlich, würden sie diesmal friedlich und ohne Zwischenfall ihre Fahrt durchführen können.

Einige Sportruderer überholten sie mit schnellen, gleichmäßigen Schlägen. Viel mehr war in den ersten zwanzig Minuten nicht los. Dann erreichten sie die Stelle, an der Vanessa und Jessica gekentert waren.

Nicht nur Michael schaute sich genau um, ob irgendwas Auffälliges zu entdecken war. Auch die anderen hielten die Augen besonders aufmerksam auf.

Laut Wettervorhersage lag

 die Wahrscheinlichkeit für Regen hoch. Wohl auch deswegen war heute auf dem Wasser wenig los. Aber noch war der Himmel nur grau verhangen und der angekündigte Regen ließ auf sich warten.

Michael paddelte den beiden Kanus voran. Er erhöhte seine Schlagzahl, um möglichst schnell die Stelle des Unfalls zu passieren. Seine Freunde in den Kanus hinter ihm hielten das Tempo. Ohne zu fragen oder es auszusprechen, wussten sie, weshalb Michael schneller geworden war. Jeder der fünf Freunde spürte die Spannung, die plötzlich über dem Fluss lag.

Jetzt durchquerten sie ein längliches Becken, in dem es kaum Strömung gab. Hier paddelten an Sonn- und Feiertagen besonders gern Eltern mit ihren kleinen Kindern.

Alles schien ruhig. Verdächtig ruhig. Irgendwie hatte Michael ein ungutes Gefühl. Doch es war nichts zu sehen. Eine Ente neben ihm steckte ihren Kopf ins Wasser. Aus dem Dickicht aus Büschen und Sträuchern stiegen zwei Vögel auf und flogen davon.

Michael erhöhte wieder die Schlagzahl. Soweit er es überblicken konnte, gab es keinen Grund zur Beunruhigung.

Dann plötzlich ...

»Verdammt!«, fluchte Michael leise vor sich hin.

Und brüllte in der nächsten Sekunde: »Stoooop! Stooop! Anhalten!«

Mit aller Kraft stach Michael sein Paddel ins Wasser und versuchte, die Fahrt seines Kajaks zu bremsen. Direkt vor ihm spannte sich urplötzlich ein rotes Seil quer über den Fluss! Michael spürte, wie Adrenalin durch seinen Körper schoss. Sein Kopf wurde knallheiß, sein Puls jagte in die Höhe. Er sah, dass sein Kajak nicht rechtzeitig zum Stehen kommen würde, drehte daraufhin sein Paddel so im Wasser, dass es seinen Kajak in einer scharfen Linkskurve parallel zum Seil steuerte.

Auch die anderen hinter ihm unternahmen hektische Bremsmanöver, um nun nicht seitlich in Michaels Kajak hineinzudonnern.

Gerade noch rechtzeitig schafften es Linh und Lennart, ihr Kanu so zu drehen, dass ihr Bug nur leicht Michaels Kajak streifte. Jabali und Ilka hatten ihr Kanu zur anderen Seite, nach rechts, gelenkt, sodass es nun langsam neben dem anderen Kanu trieb.

»Verdammt, das war knapp«, stöhnte Michael. »Wer macht denn so einen gefährlichen Unsinn?«

Die Antwort ahnte er natürlich schon. Auch die anderen vier hegten den gleichen Verdacht, ohne ihn auszusprechen. Sie

 mussten sich auch gar nicht lange umsehen und nach dem Urheber suchen.

Denn da stand Felix Niewöhner bereits grinsend am Ufer.

»Hier geht's nicht weiter!«, rief er den Kindern in den Booten zu.

»Wie bitte?« Michael sah sich nach hinten zu seinen Freunden um.

»Was soll das denn heißen?«, fragte Jabali. »Das ist total gefährlich, ein Seil über den Fluss zu spannen.«

»Grenzübergänge sind immer ein bisschen gefährlich«, antwortete Felix lässig.

»Grenzübergänge?«, wiederholte Ilka. Sie glaubte, falsch verstanden zu haben. »Was denn für eine Grenze?«

»Die Grenze in unser Gebiet«, rief Felix ihnen zu. »Die Durchfahrt kostet zehn Euro!«

»Zehn!?«, quiekte Michael auf.

»Was wollt ihr?«, fragte Felix scheinheilig. »Für fünf Personen. Das sind zwei Euro für jeden. Das ist doch wirklich preisgünstig!«

»Sag mal, hast du sie noch alle?«, empörte sich Ilka. »Das ist ein öffentlicher Fluss. Sollen wir vielleicht der Polizei melden, was du hier für ein gefährliches Spielchen treibst?«

Ilka war so wütend auf den Jugendlichen, dass sie ihre Angst völlig vergaß. Außerdem hatte sie –

im Gegensatz zu Michael und Jabali – noch keinen direkten Kontakt zu den anderen gehabt. Im Moment dachten sie auch nicht daran, dass Felix sicher nicht allein war, um so eine Aktion durchzuführen. Obwohl sie es sich natürlich hätten denken können.

Schon kam vom Ufer ein Kanu herangepaddelt, in dem zwei Jugendliche saßen. Einer von ihnen trug eine schwarze Lederjacke, der andere ein graues Kapuzenshirt. Die weite Kapuze hatte er tief ins Gesicht gezogen.

»Da kommen schon die Kassierer!«, rief Felix den fünfen amüsiert zu. »Ich hoffe, ihr habt's klein. Die wechseln nämlich nicht, sondern behalten, was sie kriegen.«

Glucksend kicherte Felix über seinen eigenen Witz.

»Kommt überhaupt nicht in die Tüte!«, rief Michael. »Es genügt euch wohl nicht, mit dem Jetski hier herumzuheizen und andere Leute zu gefährden? Jetzt wollt ihr auch noch Geld kassieren, damit man weiterfahren kann.«

»Genau«, bestätigte Felix belustigt.

Jetski war das Stichwort, das Ilka ihre stumme Frage beantwortete. Gerade hatte sie nämlich überlegt, wie die Jungs eigentlich ihre Forderungen durchset-

 zen wollten. Natürlich war das rote Seil ein Hindernis für die Boote, wenn man unbedarft darauf zufuhr und nichts von der Absperrung ahnte. Jetzt aber wäre es ein Leichtes, mit der Hand das Seil anzuheben und drunter durchzufahren. Doch Ilka sah, dass neben diesem Felix auf dem Wasser, aber noch im Schutz von Baumästen, ein weiterer Jugendlicher auf dem gelben Jetski saß. Ilka ahnte, was geschehen würde, wenn sie versuchen würden, die Seilsperre zu passieren, ohne zu zahlen. Der Junge auf dem Jetski würde sie jagen, bis sie kenterten.

»Sssst!«, zischte Ilka durch die Zähne.

Michael, Lennart, Linh und Jabali kannten dieses leise Warngeräusch. Alle sahen zu ihr. Ilka nickte nur leicht Richtung Jetski. Die Freunde begriffen, was sie meinte.

»Die spinnen doch!«, schimpfte Lennart, während das Knau mit den beiden Jugendlichen immer näher kam.

»Zahltag!«, kicherte der Junge in der Lederjacke fröhlich.

Die Fünf Asse sahen sich nur an und waren sich sofort einig. Keinen einzigen Cent würden sie bezahlen!

Aber umkehren?

Michael war sich sicher, dass die Jugendlichen sie auch dann nicht in Frieden lassen würden. Egal in welche Richtung die Fünf Asse paddeln würden, sie würden sie so lange verfolgen, bis sie ihr Geld hätten.

»Da!« Linh zeigte in die Richtung, aus der sie gekommen waren. Der Achter eines Rudersportvereins kam in hoher Geschwindigkeit auf sie zu. Klar und deutlich war die Stimme des Steuermanns zu hören. Linh erkannte sofort, dass es sich bei den Sportlern um Erwachsene handelte. Acht muskulöse Männer in einem Ruderboot. Nie und nimmer würden sich Felix und seine Komplizen denen in den Weg stellen.

Ilka schaute Linh an und ließ ein überlegenes Lächeln erkennen.

»Wir hängen uns dran!«, sprach sie Linhs Idee laut aus. Dann drehte sie sich zu den beiden Jugendlichen im Kanu um und lachte sie frech an. »Viel Spaß beim Abkassieren des Achters!«

Die Jungs schauten unsicher zu Felix hinüber, der sich sichtlich ärgerte.

»Aufgepasst!«, rief Lennart. »Gleich geht's los!« Er hielt sein Paddel zum Einstechen bereit. Die anderen machten es ihm nach. »Wir müssen sofort Tempo machen!«

Trotzdem würden sie natürlich nicht annähernd so schnell sein können wie ein Ruderachter, der von ausgewachsenen,

 durchtrainierten Männern vorangetrieben wurde.

»Wir fahren vorher los«, schlug Michael vor. »Sodass wir gleichzeitig am Seil ankommen! Aufgepasst!«

Sie postierten ihre drei Boote nebeneinander, bereit zum Blitzstart.

Die Jugendlichen in dem Kanu zogen sich langsam zurück.

Michael sah, wie das Seil schlaff im Wasser abtauchte.

Felix hatte die Sperre aufgegeben. Wie Linh es sich gedacht hatte, wagte er es nicht, sich mit den Männern im Ruderachter anzulegen.

»Jetzt!«, rief Michael, als der Achter noch gut fünfzig Meter von ihnen entfernt war. Sie würden eher als der Achter über das Seil fahren. Aber Felix hatte die Sperre ja schon fallen lassen. Und er würde es nicht wagen, das Seil so kurz vor der Ankunft der Ruderer wieder zu spannen.

Michael, Lennart und Linh sowie Ilka und Jabali stachen ihre Paddel gleichzeitig ins Wasser und zogen mit aller Kraft durch, um so schnell zu starten, wie sie es noch nie getan hatten. Ähnlich wie der Steuermann in dem Achter gab Michael die Schlagzahl vor: »Eins-zwei-eins-zwei!«

Ilka konnte es nicht lassen und rief dem verärgerten Felix, der mit mürrischer Miene am Ufer stand und das Startmanöver der Fünf Asse verfolgte, zu: »Einen schönen Tag noch!«

»Wir sprechen uns!«, drohte Felix den fünfen hinterher, während sie mit Tempo über das abgetauchte Seil fuhren. Etwa zehn Meter dahinter hatte der Achter sie eingeholt und zog unter den kräftigen, gleichmäßigen Schlägen der Männer mit einem höllischen Tempo vorbei.

Fröhlich jubelten die Fünf Asse den Ruderern zu, die natürlich nichts davon ahnten, aus welcher Lage sie die Kinder soeben gerettet hatten.

Zwar konnten sie ihr Training jetzt ungestört fortsetzen, aber so richtig Spaß machte es keinem mehr. Auch als sie zwei Stunden später am Anleger festmachten, war ihre Stimmung noch auf dem Nullpunkt.

Als sie Herrn Schröder vom Bootsverleih von dem Vorfall erzählten, zog er sorgenvoll die Stirn kraus.

»Habt ihr sie gefilmt?«, fragte er.

»Gefilmt?«, wunderte sich Michael. »Wie sollen wir sie denn ...?«

Herr Schröder zeigte auf die Hosentaschen der Jungs. »Ich dachte, ihr jungen Leute habt heutzutage alle Handys mit Fotoapparat und Videokamera?«

Michael stand mit offenem

 Mund da. Auch die anderen staunten Herrn Schröder verblüfft an.

Über Herrn Schröders Gesicht huschte ein kurzes Schmunzeln, bevor er gleich wieder ernst wurde: »Ihr habt vor Aufregung nicht daran gedacht, stimmt's?«

Michael und die anderen nickten betreten. Das wäre wirklich eine gute Idee gewesen! Jetzt konnten sie der Polizei wieder nichts beweisen. Genauso wie bei der Scheune, in der sie nichts gefunden hatte.

»Kopf hoch!«, versuchte Herr Schröder, den Kindern Mut zu machen. »Ihr habt euch trotzdem klug verhalten. Das mit den Ruderern war eine tolle Idee.«

So richtig konnten sich die fünf aber nicht freuen. Zwar hatte die Idee sie aus der bedrohlichen Lage gerettet. Langfristig aber hatten sie nach wie vor nichts gegen die Jugendlichen in der Hand. Schon beim nächsten Training konnten sie wieder auf die Jungs stoßen. Und dann würden sie vermutlich kein zweites Mal so viel Glück haben, ungeschoren davonzukommen.

»Trotzdem«, redete Herr Schröder ihnen zu. »Ihr solltet auch diesen Vorfall der Polizei melden.«

Michael versprach es und dann setzten sich alle fünf auf ihre Räder und fuhren nach Hause. Die betrübte Stimmung allerdings verflog nicht.

Sie hatten es vermasselt. So eine Chance! Im Schutz von acht erwachsenen Männern, die Jugendlichen mit ihrem Seil zu filmen oder zu fotografieren und damit der Polizei einen wichtigen Hinweis zur Ermittlung in die Hand zu geben, hatten sie vor lauter Angst und Aufregung versäumt.

»Die Polizei hält uns allmählich bestimmt für Spinner«, mutmaßte Jabali. »Ständig zeigen wir was an, wofür es keine Beweise gibt.«

»Erst der leere Schuppen und der verschwundene Jetski und nun so eine schräge Geschichte.« Auch Lennart schüttelte den Kopf. Niemand widersprach. Nicht einmal Linh, die bei solchen Gelegenheiten immer wieder betonte, dass es besser war, anderen von Ungereimtheiten zu erzählen, als sie für sich zu behalten.

Trotzdem beschlossen sie, Herrn Schröders Rat zu folgen und der Polizei davon zu berichten. Ob sie ihnen nun glauben würde oder nicht.

Ausgetrickst!

Zum zweiten Mal innerhalb weniger Tage saßen die Fünf Asse nun auf der Wache, um gegen Felix Niewöhner und seine Kumpels auszusagen. Doch viel versprachen sie sich nicht davon. Im Gegenteil: Möglicherweise würden die Jugendlichen ihnen nun noch größeren Ärger bereiten, ohne dass die Polizei einschreiten konnte. Denn schließlich konnte die Polizei ihnen keinen Personenschutz rund um die Uhr bieten. Beim nächsten Training oder der nächsten Ausfahrt würden sie wieder vollkommen auf sich allein gestellt sein.

Ein Polizist hinter dem Empfangstresen bat die Kinder, noch ein wenig zu warten. Er hielt es für besser, wenn der gleiche Beamte, der die erste Aussage der Kinder aufgenommen hatte, sich nun auch mit dem zweiten Erlebnis beschäftigen würde.

Da nur drei Stühle an der Wand standen, blieben Jabali und Michael stehen, während sich Lennart, Linh und Ilka setzten.

Michael betrachtete interessiert einige Steckbriefe, mit denen Männer gesucht wurden, die unter Terrorismusverdacht standen. Hoffentlich würde er nie im Leben so einem begegnen.

Linh erhob sich vom Stuhl, weil sie in der Ecke, gleich neben dem Eingang einen Ficus entdeckt hatte, der nach ihrer Einschätzung schon viel zu lange kein Wasser mehr bekommen hatte und zu sehr im Schatten stand.

Sie schob den großen schweren Topf auf die andere Seite der Tür, was ein hässliches Kratzen auf dem Boden verursachte.

»Was tust du da?«, fragte der Polizist entsetzt.

Linh erklärte es ihm. »Auch Pflanzen darf man nicht einfach so umbringen«, endete sie.

Der Polizist schmunzelte, verschwand in einem Hinterraum, kam mit einem Becher Wasser wieder und goss es in den Pflanzentopf.

»Bevor du die Mordkommission rufst, weil hier eine Pflanze stirbt«, sagte er grinsend.

Ilka sah zwei Beamten nach, die aus einem Hinterraum kamen und die Wache verließen. Mit Unbehagen betrachtete sie die Gürtel der Polizisten, an denen je eine echte Pistole, ein Ledertäschchen mit Handschellen und auf der anderen Seite eine kleine Taschenlampe befestigt waren. Das sah richtig gefährlich aus.

Wenige Minuten später betraten zwei weitere Polizisten von draußen den Empfangsbereich. Einer von ihnen war derjenige, der die erste Anzeige aufgenommen hatte.

»Ihr?«, fragte er verblüfft.

Michael zuckte innerlich schon zusammen. Bestimmt würde er ihnen nicht glauben.

Der Polizist hinter dem Tresen erklärte seinem Kollegen, weshalb die Kinder gekommen waren.

»So, so«, sagte der Angesprochene, nachdem er sich alles angehört hatte. »Dann kommt mal mit! Ich zeige euch was.« Er winkte den Kindern zu.

Die sahen sich unschlüssig an. Was kam jetzt wieder auf sie zu? Zögerlich folgten sie dem Polizisten in ein anderes Zimmer. Dazu mussten sie erst einmal durch einen langen kahlen Gang gehen. Sie kamen an einer kleinen Teeküche vorbei, dann an zwei schweren Eisentüren mit dicken Riegeln. Michael blieb kurz stehen und stutzte.

Der Polizist bemerkte das, drehte sich um und sagte: »Ja, das sind Arrestzellen. Manchmal müssen leider welche für eine Nacht hierbleiben.«

Michael ging schnell weiter.

Der Polizist führte sie in einen kleinen Raum, in dem nur ein Tisch mit vier Stühlen stand, auf jeder Seite des Tisches zwei. Ein grelles Neonlicht ließ den Raum noch unfreundlicher wirken, als er ohnehin schon war. Beim Betreten hatte Lennart einen Blick auf das Schild neben der Tür erhaschen können, auf dem stand: Vernehmungsraum II.

Mit anderen Worten: Jetzt wurden sie verhört! Lennart wurde ganz anders. Er spürte, wie seine Kehle trocken wurde.

Der Beamte wies die Kinder an, sich zu setzen, verschwand und kehrte kurz darauf zurück, wobei er jetzt eine rote Akte in seinen Händen hielt, die er auf den Tisch legte und aufschlug: Gleich auf der ersten Seite war deutlich das Foto eines gelbschwarzen Jetskis zu sehen.

»Der ist es!«, platzte Ilka heraus. »Haben Sie ihn gefunden?«

»Leider nein«, antwortete der Polizist.

»Aber ...«

Der Polizist verstand, was Ilka fragen wollte. »Das ist ein Foto, das der Besitzer uns gegeben hat. Dieser Jetski wurde als gestohlen gemeldet.«

Alle fünf starrten das Ding auf dem Foto mit großen Augen an. Genau dieses Modell hatten sie im Internet recherchiert.

»Nun gut. Ihr könnt das also bestätigen«, stellte der Polizist fest. »Schaut euch das Fahrzeug noch mal genau an!«

»Na ja«, sagte Lennart,

»wenn es über die Wasseroberfläche rast, sieht es natürlich anders aus, aber ich glaube auch, dass es das ist.«

»Du glaubst?«, hakte der Polizist skeptisch nach.

»Nein, nein«, versuchte Michael sofort alle Zweifel zu zerstreuen. »So eines war es! Ganz sicher!«

Der Beamte klappte die Mappe wieder zu, machte sich einige Notizen und verabschiedete die Kinder.

»Und wo ist der Jetski jetzt?«, wollte Michael wissen.

Der Beamte konnte nur bedauernd mit den Schultern zucken. Sie hatten das Ding noch immer nicht gefunden.

»Da ist noch etwas«, meldete sich Ilka zu Wort und berichtete von der Sperre mit dem Seil und den Geldforderungen, die die Jungs gestellt hatten.«

»Und dabei drohen sie mit einem gestohlenen Jetski. Ganz schön dreist«, fand der Polizist. Aber solange sie den Jetski nicht fanden oder die Jungs auf frischer Tat ertappten, konnten sie nichts unternehmen.

»Trotzdem«, versprach er. »Wir werden diesen Felix Niewöhner noch mal genauer unter die Lupe nehmen. Und ihr haltet weiterhin so schön die

Augen auf. Aber denkt dran: nichts unternehmen! Nur beobachten und melden!«

»Nur beobachten und melden!«, wiederholte Michael, als die fünf wieder draußen vor der Wache auf der Straße standen. »Der hat gut reden! Wir haben nicht die Augen aufgehalten, wir haben diese kriminellen Typen an den Fersen. Egal, wann ich mein Boot zu Wasser lasse, Felix und seine Gang sind schon da. Die sind schlimmer als die Kletten. Wenn das so weitergeht, kann ich mein Training komplett einstellen.«

»Wann wolltest du denn wieder trainieren?«, fragte Linh. »Vielleicht kann ich dich im Kajak begleiten. Und das nächste Mal vergesse ich nicht, zu fotografieren. Das verspreche ich!«

»Übermorgen«, antwortete Michael.

Schon zwei Tage später trafen sich die beiden bei Linh zu Hause.

»Herzlich willkommen zum Michael-Tag«, sagte Linh schmunzelnd, als sie ihm die Tür öffnete. Michael wusste, worauf Linh anspielte. Sie wollten an diesem Tag mit der Mathematik-Nachhilfe für Michael beginnen, denn Linh hatte eine besondere Gabe, die komplizierten Rechenaufgaben geduldig zu erklären. Im Anschluss würde Linh

 Michael dann beim Kajakfahren begleiten. Diesmal wollten beide einen Kajak nehmen.

Michael hoffte sehr, dass sie ungestört trainieren konnten. Doch schon bei der Ankunft am Anleger wurden Michaels Hoffnungen jäh zerschlagen.

Es waren aber nicht Felix und seine Bande, auf die Michael am Anleger stieß, sondern ein paar Grünheimer. Allen voran Tom! Michaels größter Widersacher und Konkurrent. Man konnte schon fast sagen: Erzfeind. Denn Tom und Michael konnten sich nicht ausstehen. Zu Michaels größtem Unmut teilte sich seine James-Connolly-Schule das Bootshaus mit der Grünheimer Schule, durch deren Ort kein Fluss führte.

»War ja klar! Bestimmt bereiten die sich auch auf den Wettbewerb anlässlich der Wildwasserbahneröffnung vor«, brummte Michael vor sich hin, als er die Grünheimer entdeckte. »Die können ja auch nichts auslassen.«

»Aber du«, lachte Linh. Auch für sie gehörten die Grünheimer zu den größten Konkurrenten. Aber so verbissen wie Michael sah sie die Sache nicht. Eigentlich tat das niemand. Michael neigte da wirklich zu einer fanatischen Abneigung gegen die Grünheimer.

»Dann zeig mal, was du draufhast!«, brüllte Tom zu Michael hinüber, kurz nachdem Michael und Linh ihre Kajaks zu Wasser gelassen hatten.

Michael verzog genervt das Gesicht. Offenbar hatte Tom extra auf ihn gewartet! Denn er und die anderen Grünheimer waren schon in ihre Boote eingestiegen, als Michael und Linh gerade angekommen waren.

»Du hättest nicht extra auf mich warten müssen«, stichelte Michael zurück. »Nur, um dich gleich von mir abhängen zu lassen.«

»Das werden wir ja sehen!«, nahm Tom nur zu gern die Kampfansage an und paddelte sofort im Wettkampftempo los. Seine Freunde machten mit und hielten das Tempo. Nur Michael machte nicht die geringsten Anstalten, sich auf ein Rennen mit Tom einzulassen. Im Gegenteil. Gemächlich wie nie stach Michael sein Paddel ins Wasser und dümpelte mehr vom Anleger fort, als dass er fuhr.

»Ich bin mal gespannt, ob die Gebühr bezahlen«, grinste er Linh an.

Linh sah Michael erschrocken an. Deshalb also ließ er sich nicht auf das Rennen ein. Michael spekulierte darauf, dass die Grünheimer in Felix' Falle fahren würden.

»Sollten wir sie nicht lieber warnen?«, fragte sie besorgt. Schließlich konnte so ein Seil quer über dem Wasser ge-

fährlich werden. Es genügte, im entscheidenden Moment in eine andere Richtung zu schauen, und schon konnte einen das Seil wie ein harter Schlag treffen und zu bösen Verletzungen führen.

Zu spät! Um eine Warnung von Michael und Linh hören zu können, waren die Grünheimer schon zu weit vorausgefahren. Michael konnte gerade noch erkennen, wie Tom sich umdrehte und ihm triumphierend den Stinkefinger zeigte. Ein Grund mehr, warum Michael sich nicht im Geringsten verantwortlich fühlte, ihn zu warnen.

Außerdem hatten die Grünheimer die Stelle, an der Felix und die Jugendlichen ihnen aufgelauert hatten, nun schon erreicht. Aber es geschah nichts. Wie der Ruderachter passierten die Grünheimer die Stelle ohne jegliche Behinderung.

»Sie sind nicht da«, stieß Michael erleichtert aus. Die Grünheimer als Versuchskaninchen zu benutzen, gefiel ihm gut. Lachend sah er zu Linh hinüber. »Dann können wir ja mit unserem Training loslegen.«

Unbeschwert zog Michael sein Paddel nun kräftig und lang durchs Wasser und nahm Tempo auf. Linh konnte mithalten.

Michael erhöhte die Schlagzahl.

Linh hielt immer noch mit.

Michael setzte zu einem Zwischenspurt an. Erstens wollte er seine Tagesform testen. Und zweitens hatte er nichts dagegen, die Gefahrenstelle möglichst schnell hinter sich zu lassen. Auch wenn er nichts zu befürchten hatte, weil den Grünheimern ja auch nichts geschehen war. Und wenn sein Spurt ganz nebenbei dazu führte, Tom einzuholen, weil der sich seines Sieges im Rennen schon sicher war, umso besser. Immerhin hatten sie nicht abgemacht, wo sich die Ziellinie ihres kleinen Wettkampfes befand. In Gedanken an Toms dummes Gesicht, das er machen würde, wenn Michael gleich an ihm vorbeizog, legte Michael noch mal an Tempo zu.

Linh musste abreißen lassen. So viel Kraft hatte sie nicht, um Michael zu folgen.

In dem Moment geschah es.

Wie eine Wasserschlange auf der Jagd schnellte plötzlich eine rote Leine aus dem Wasser.

»Aaaachtung!«, schrie Linh, die zuerst erkannte, was los war, obwohl sie einige Meter hinter Michael herfuhr.

Michael schreckte auf. Er hatte keine Zeit mehr zu reagieren. Ihm blieb nur, den Kopf einzuziehen und ihn schützend in seinen Armen zu vergraben, wobei er sein Paddel losließ. Es fiel laut polternd auf sein Boot und platschte dann ins Wasser, während sein Kajak direkt ins Seil fuhr. Obwohl es ein

 wenig nachgab, wurde das Boot abrupt gestoppt. Michael wurde nach vorn geschleudert und musste aufpassen, durch den Ruck nicht selbst im Wasser zu landen. Dann schoss das Seil das Boot zurück wie ein Katapult. Michael machte die Bewegung mit.

Hinter ihm brachte Linh ihren Kajak gerade noch rechtzeitig zum Stehen und fischte Michaels Paddel aus dem Wasser.

»Uffff!«, stöhnte Michael, als er sich wieder in sicherem Abstand zu dem Seil befand. »Mein Nacken!« Mit einer Hand rieb er sich das schmerzende Genick.

Und schon tauchten wieder die zwei Jugendlichen im Kanu vor ihm auf.

Linh spähte zum Ufer und sah dort Felix aus einem Gebüsch kommen.

»Zwanzig Euro«, rief er. »Pro Person!«

»Zwanzig?«, wunderte sich Michael.

»Na ja, die zehn vom letzten Mal mitgerechnet, die du mir noch schuldest«, erklärte Felix.

Die zwei Jugendlichen im Kanu kamen bedrohlich näher.

»Diesmal wird euch kein Ruderboot retten«, drohten sie.

Linh sah durch das Ufergebüsch etwas Gelbliches schimmern: den Jetski.

Der Jugendliche, der vorn im Kanu saß, streckte ihnen eine Hand entgegen.

»Bitte bar. Wir akzeptieren keine Kartenzahlung«, grinste er. Sein Kumpel, der hinten im Kanu saß, kicherte über den schlechten Witz.

»Und wenn wir nicht zahlen?«, fragte Linh.

Michael schaute Linh verblüfft an. Wieso fragte sie das? Sie wusste doch, was passierte, wenn sie nicht zahlten. Die Jugendlichen würden sie angreifen. Und selbst wenn sie umkehrten, würde der Jetski sie vermutlich verfolgen.

»Das würde ich euch nicht raten!«, antwortete der Jugendliche im Kanu.

Sein Blick ging hinüber zum Ufer. Dort trieb der Jetski einen halben Meter vor und ließ seinen Bug aus dem Gebüsch heraus erkennen.

Linh sah aber etwas, woran die Jugendlichen nicht gedacht hatten. Der Jetski befand sich von Michael und ihr aus gesehen hinter dem Seil. Um sie zu verfolgen, wenn sie umdrehten, lag der Jetski einfach auf der falschen Seite. Sie mussten erst ihr eigenes Hindernis aufgeben, um eine Verfolgung aufnehmen zu können. Das brachte ihnen einen Zeitvorsprung, wenn auch nur einen klitzekleinen.

»Na, dann holt euch doch euer Geld!«, rief Linh den Jungs zu. »Los, Michael, komm!«

Linh stach ihr Paddel mit aller Wucht ins Wasser und paddelte los, so schnell sie konnte.

»Wa...?« Michael verstand gar nichts mehr. Aber zum Fragen blieb keine Zeit. Er vertraute Linh einfach und machte es ihr nach. So schnell er konnte, startete er durch.

Nach nur wenigen Schlägen hatte er Linh eingeholt.

»Was hast du vor?«, rief er ihr zu, ohne in seiner Schlagzahl nachzulassen. Aufgeregt drehte er sich nach hinten um.

Die Jugendlichen im Kanu wollten den beiden folgen. Der Jetski heulte auf und wollte durchstarten. Doch schnell ebbte der Motor wieder ab. Ihr eigenes Seil hing ihnen im Weg.

»Das Seil!«, hörten Michael und Linh die Rufe der Jugendlichen. »Felix! Lass das Seil runter!«

»Scheiße«, fluchte Felix.

Michael begriff.

»Kein schlechter Plan«, gab er zu. »Aber gleich haben sie uns.«

»Aber vorher mache ich noch ein nettes Foto«, antwortete Linh. Sie drehte sich nach hinten, die Digitalkamera vor den Augen, und schoss ein paar Fotos. Mit einem schnellen Griff schaltete sie ihre Kamera auf Videomodus und nahm noch einen kleinen Clip davon auf, wie Felix das Seil einholte und der Jetski aufgeregt im Kreis vor dem Seil fuhr und auf freie Bahn wartete.

»Schnell!«, rief Michael. »Wir müssen los!«

»*Du* musst los!«, verbesserte Linh.

»Was soll das heißen?«

»Lenk sie ab!«, befahl Linh, verstaute ihre Kamera im Boot und paddelte aufs Ufer zu. »Ich hau über Land mit den Bildern ab.«

Wieder eine gute Idee von Linh. Wenn sie sich teilten, wussten sie nicht, wem sie folgen sollten. An Land war ihre Überlegenheit vorbei, wusste Michael. Nur auf dem Wasser hatten sie gegen den Jetski keine Chance. Ihn würden sie einholen. Aber er würde sich schon etwas einfallen lassen.

»Viel Glück!«, rief er Linh zu.

»Dir auch!« Linh hatte die halbe Strecke zum Ufer schon zurückgelegt, als der Jetski startete.

Michael legte sich ins Zeug. Sein Puls schoss auf Maximalhöhe. Michael schnaufte, kämpfte, ächzte, aber er gab nicht auf. Den Kopf gesenkt, um sich voll und ganz auf seine Kraft zu konzentrieren.

Nur kurz schaute er zwischendurch auf, um zu sehen, ob sich auf dem Wasser irgendetwas tat, was ihn retten konnte.

Das Geheul des Jetskis hinter ihm wurde lauter. Michael sah aus dem Augenwinkel, von welcher Seite der Jetski gleich kommen würde.

Der Jetski-Fahrer beachtete Linh nicht, die nun fast das

 Ufer erreicht hatte. Er hatte nur Michael im Visier.

Michael steuerte seinen Kajak weiter nach rechts. Er sah, wie der Jetski nachsteuerte, um ihn auf der linken Seite zu überholen. Er fuhr gefährlich dicht an Michael heran. Ganz offensichtlich wollte er Michael zum Kentern bringen. Aber er fühlte sich zu sicher.

Michael zog sein Paddel aus dem Wasser, umklammerte den Schaft mit beiden Händen so fest er konnte, atmete kräftig durch und ...

Jetzt!

Der Jetski donnerte an ihm vorbei. Michael stieß sein Paddel nach links außen, fast wie ein Billardspieler seinen Queue. Er spürte einen ungeheuren Schlag in seinen Armen. Eine unsichtbare Kraft riss ihm das Paddel aus den Händen. Er hörte einen Aufschrei.

Der Motor des Jetskis heulte auf, während der Jetski selbst abdriftete, in seitliche Lage geriet und über die Wasseroberfläche schlitterte wie ein gestürztes Motorrad über den Asphalt.

Michaels Kajak schaukelte wie ein Kettenkarussell auf dem Jahrmarkt. Michael brauchte beide Hände, um es vorm Kentern zu bewahren und in eine stabile Lage zurückzuführen.

Er sah, dass auf dem Jetski kein Fahrer mehr saß. Das Motorengeheul verebbte in einem kläglichen Glucksen. Einige Meter dahinter platschte etwas im Wasser: der Fahrer, der Michael wütend mit den Fäusten drohte. Offenbar war er glimpflich davongekommen, ohne sich zu verletzen.

Etwa zehn Meter vor sich entdeckte Michael sein schwimmendes Paddel. Als Ersatz nutzte Michael seine beiden Hände, mit denen er seinen Kajak langsam vorantrieb, aber immer noch schneller, als der vom Jetski gefegte Fahrer schwimmen konnte.

Michael drehte sich um. Die beiden Jugendlichen im Kanu folgten Linh. Aber Linhs Kajak schaukelte leer am Ufer, notdürftig an einem Baumast festgebunden. Linh war also bereits an Land und lief weg, während die Jugendlichen im Kanu erst noch das Ufer ansteuerten.

Endlich hatte Michael sein Paddel erreicht, zog es zu sich heran und fuhr so schnell er konnte weiter. Wieder einmal hatten sie es geschafft, den Jugendlichen zu entkommen.

Er war darüber mehr erleichtert, als dass er sich freute. Denn er wusste: Die Auseinandersetzung mit Felix und seiner Bande war damit nicht beendet. Im Gegenteil. Dass sie die Grünheimer hatten passieren lassen, ihn und Linh aber angegriffen hatten, bewies: Die Jugendlichen hatten es aus Rache nur auf die Fünf Asse abgesehen. Nach die-

 ser Aktion würden sie noch wütender sein und noch gefährlicher werden. Aber vielleicht führten Linhs Aufnahmen dazu, dass die Polizei sie endlich schnappen konnte.

Mit noch immer pochendem Herzen erreichte Michael den Anleger.

Gerade als er kurz davor war, den Kajak an den Anleger zu steuern, hörte Michael eine Stimme, die ihm ganz und gar nicht gelegen kam: »Na, heute keine Kondition?« Tom! Ausgerechnet!

Tom war bereits bei der zweiten Runde auf einem kleinen Parcours, den man hier in den Kanälen fahren konnte. Sein ganzer Haufen Kumpels folgte ihm immer noch wie sein persönlicher Begleittrupp.

Michael stöhnte auf. Der hatte ihm gerade noch gefehlt.

»Lass mich in Frieden!«, gab Michael nur mürrisch zurück. Er hatte wirklich andere Sorgen, als sich nun ein Wortgefecht mit Tom zu liefern.

»Wo ist denn deine Begleitung?«, fragte Tom höhnisch. »Hat die dich auch abgehängt?«

Für einen Moment überlegte Michael, ob er Tom und den anderen Grünheimern von den Jugendlichen erzählen sollte. Aber da sie unbehelligt hatten passieren können und sie die Jugendlichen gar nicht gesehen hatten, würden sie ihm ohnehin nicht glauben.

»Linh taucht gleich hinter dir auf und beißt dich in den Hintern«, rief Michael Tom zu. »Wie ein Krokodil! Achtung!« Michael zeigte aufgeregt hinter Tom. Zu Michaels Genugtuung drehte Tom sich tatsächlich um.

Michael lachte Tom aus. »Du glaubst aber auch alles, du Angsthase!«

Tom verzog sein Gesicht zu einer grimmigen Grimasse. »Sehr witzig, du Hohlkopf! Aber am Ende lache ich. Glaub's mir! Spätestens beim Wettkampf.«

»Ja, ja«, winkte Michael ab. »Ich zittere jetzt schon.«

Tom gab seinem Gefolge ein Zeichen. Dann paddelte er weiter zu seiner dritten Runde.

Michael sah ihm nur kurz nach. Und ärgerte sich, dass Tom ungehindert trainieren konnte, während er sein Training immer wieder wegen Felix und seiner Bande abbrechen musste. Wenn das so weiterging, dann würde Tom tatsächlich noch den Wettkampf gewinnen. Mehr denn je wurde Michael bewusst: Sie mussten etwas unternehmen. Wenn er bloß wüsste, was.

Hilfe für die Fünf Asse

Noch am selben Abend trafen sich die fünf bei Linh. Erstens hatten sie viel zu erzählen. Zweitens wollte Linh ihre Fotos am Computer auswerten. Und war enttäuscht, als sie einen Blick auf den Monitor warf. Zwar konnte man auf den Fotos gut sehen, was auf dem Wasser geschehen war. Aber in der Aufregung während der Fahrt im Kajak hatte Linh die Aufnahmen zu sehr verwackelt, als dass man auch nur ein Gesicht der Jugendlichen hätte erkennen können. Mit diesen Fotos konnten sie zwar belegen, dass die Erpressungsversuche mit der Leine der Wahrheit entsprachen, aber der Polizist leugnete ja gar nicht, dass die fünf die Wahrheit gesagt hatten. Es ging darum, die Jugendlichen zu überführen. Und dafür reichten weder die Fotos aus, noch das Video, auf dem auch niemand zu erkennen war. Man sah nur den Jetski fahren.

»Ob der Jetski durch deinen Kampf kaputtgegangen ist?«, fragte sich Jabali.

Michael wusste es nicht. Das würde wenigstens die Angriffe mit der Höllenmaschine unterbinden, aber ihnen sicher nicht die Jugendlichen vom Hals halten.

»Ich muss schon sagen«, betonte Lennart noch einmal. »Das war eine ganz schön mutige Aktion von dir, Michael.«

Michael nahm das Kompliment stolz an. Auch wenn Ilka ihm einen kleinen Dämpfer mitgab. »Aber auch gefährlich. Sowohl für dich als auch für den Jugendlichen. Mann, wenn du den schwer verletzt hättest!«

Michael zog die Schultern hoch. »Das war doch eindeutig Notwehr«, verteidigte er sich. »Der kam auf mich zu und wollte mich glatt über den Haufen fahren.«

»Aber was machen wir denn jetzt?«, fragte Jabali in die Runde. »Michael hat recht: Die sind wir noch lange nicht los! Wir können denen doch nicht den Fluss überlassen und für den Rest unseres Lebens das Bootfahren einstellen.«

Daran dachte auch niemand.

»Immerhin könnten wir warten, bis die Polizei Felix und seine Bande überführt hat«, warf Ilka ein.

Aber der Vorschlag traf auf wenig Gegenliebe.

»Da können wir warten, bis wir schwarz werden«, ent-

 gegnete Jabali, worauf Lennart laut loskicherte: »Das bist du doch schon!«

»Na gut«, räumte Jabali ein. »Dann müssen wir eben warten, bis du auch schwarz geworden bist.«

»Das wäre nicht das Schlechteste«, gestand Ilka. Sie hasste ihre helle, mit Sommersprossen übersäte Haut, weil sie so überaus sonnenempfindlich war. Das war für eine leidenschaftliche Wasserratte wie sie höchst hinderlich. Gern hätte sie deshalb so eine schöne braune Haut wie Jabali gehabt.

»Aber im Ernst, Leute«, lenkte Linh die Diskussion wieder auf das eigentliche Thema zurück. »Allein können wir gegen die nichts ausrichten.«

Linh begab sich mal wieder in den Kopfstand. In dieser Haltung gelang es ihr oft, die Dinge von einer anderen Seite zu sehen und auf eine neue Idee zu kommen.

Lennart, Ilka, Michael und Jabali beobachteten gespannt, zu welcher Idee ihr Kopfstand diesmal führen würde. Sie saßen alle auf ihren Sitzkissen, die in Linhs Zimmer immer für sie bereitlagen. Linh, die meistens bedächtig und mit Gelassenheit an Probleme heranging, schien diesmal selbst unsicher, ob es ein Mittel gegen die Attacken der Jugendlichen gab.

»Und?«, fragte Jabali. »Sickert schon eine Idee von deinen Füßen in deinen Kopf?«

Linh wackelte zur Antwort mit ihren Zehen.

»Wir brauchen eine richtig gute Idee, damit wir die für immer los sind«, stellte Ilka noch mal fest. Aber sie hatte auch keine.

»Auf jeden Fall können wir nicht immer warten, bis mal wieder ein Ruderachter vorbeikommt«, sagte Lennart. »Oder Grünheimer.«

»Wieso Grünheimer?« Allein das Wort bewirkte bei Michael schon schlechte Laune.

»Na ja«, sagte Lennart. »Die durften ja durch, habt ihr erzählt. Vielleicht müssen wir uns künftig als Grünheimer verkleiden.«

»Pah!«, spie Michael aus. »So'ne doofe Fratze kann ich gar nicht machen, dass ich aussehe wie ein Grünschleimer!« Es ärgerte ihn besonders, dass die Grünheimer von der Felix-Bande unbehelligt blieben.

»Moment mal! Das ist es!«, platzte Linh heraus. Blitzschnell begab sie sich aus dem Kopfstand in den Judositz zurück und überlegte weiter.

Michael starrte sie an. »Als Grünheimer verkleiden?«, fragte er entgeistert.

»Nein«, beruhigte ihn Linh. »Aber die Grünheimer sind noch besser als ein Ruderachter.«

»Hä?« Michael verstand die Welt nicht mehr. »Was soll an denen besser sein?«

»Sie waren neun«, grinste

 Linh. »Ich hab sie gezählt.« Sie kniff ihre schmalen Augen zu Schlitzen zusammen. »Und wir sind immerhin fünf!«

»Macht vierzehn«, zählte Michael zusammen. »Wie du siehst, hat deine Mathenachhilfe genützt. Und was bringt uns das?«

»Und mit Vanessa und Jessica sind wir schon sechzehn«, zählte Linh vor. »Schon so viel wie zwei Achter.«

»Ohne Steuermann«, warf Jabali ein, obwohl er wusste, dass das jetzt keine Rolle spielte.

»Richtig, Jabali! Und sicher müssen wir noch ein paar mehr zusammentrommeln. Aber vielleicht ist das ein Weg!«, strahlte Linh.

»Also bitte noch mal ganz langsam und von vorne«, bat Michael. »Was haben die Grünheimer mit uns zu tun?« Er verzog dabei das Gesicht so sehr, dass er Linh an einen Shar Pai, den chinesischen Faltenhund, erinnerte. Sein Gesicht bestand eigentlich nur aus Falten.

»Wir holen uns Verstärkung aus unserer Schule«, erklärte Linh. »Und auch die Grünheimer müssen uns helfen!«

»Und ein paar andere vom Fluss auch noch«, ergänzte Lennart.

»Und wenn wir genug sind, die gegen die Typen antreten, dann haben wir eine echte Chance, sie zu überraschen und zu vertreiben.«

Michael stutzte und fragte mit großen Augen: »Mit den Grünheimern gemeinsam gegen die Felix-Bande? Bei euch piept's wohl!«

»Warum nicht?«, fragte Ilka.

»Ohne mich«, protestierte Michael und stand von seinem Kissen auf. »Ich mache keine gemeinsame Sache mit den Grünheimern.«

Lennart winkte ab. Er wusste, es hatte keinen Sinn, weiter mit Michael zu diskutieren. Er überging Michaels Protest einfach und wandte sich an die Mädchen: »Wollt ihr die Grünheimer fragen?«

»Vielleicht keine schlechte Idee«, stimmte Ilka ihm zu. »Uns kann man doch eigentlich keine Bitte abschlagen.« Sie sah zu Linh. »Morgen um drei?«

Linh nickte ihr zu. »Ja, da gibt es gute Chancen, Tom zu treffen. Ich weiß auch schon, wie ich ihn frage.«

»Am besten fragt man ihn mit der Faust ins Gesicht«, muffelte Michael. Es ärgerte ihn, dass die anderen seine Einwände einfach nicht gelten ließen. »Ihr glaubt doch nicht im Ernst, dass die uns helfen.«

»Vielleicht ist Tom ja nicht ganz so vernagelt wie du«, wies Jabali Michael zurecht.

Michael stieß nur einen verächtlichen Seufzer aus.

Lennart erhob sich und

schenkte sich noch einen Früchtetee aus der Kanne ein, die in der Mitte des Raumes zwischen ihnen auf einem Stövchen stand.

»Wie willst du die Grünheimer denn fragen?«, bat er Linh, ihre Idee allen mitzuteilen. Vielleicht ließ sich Michael ja auf diese Weise überzeugen. Er schielte heimlich zu ihm hinüber. Immerhin schien Michael bereit zuzuhören, auch wenn er noch immer beleidigt war.

»Wir lassen einen Wettbewerb darüber entscheiden«, begann Linh.

Michael hob den Kopf. Einen Wettbewerb?

»Wir bieten den Grünheimern einen Wettkampf im Kanufahren an. Gewinnen wir, dann müssen sie uns helfen, verlieren wir, dann müssen wir einen anderen Weg finden.«

Für einen Moment war es ganz still. Niemand sagte etwas.

Bis sich Ilka meldete: »Keine schlechte Idee.«

»Das ist sogar eine richtig gute Idee!«, betonte Jabali und klopfte Linh anerkennend auf die Schultern. »Am besten gleich übermorgen, da haben wir schulfreien Samstag«, schlug er vor.

»Die Idee ist glänzend! Dafür sag ich sogar meine Radausfahrt ab«, meldete sich Lennart.

Nur Michael blieb skeptisch: »Und wie bitte schön soll das aussehen? Neun gegen fünf oder wie?«

»Wir schlagen fünf gegen fünf vor! Wir fünf gegen fünf Grünheimer«, antwortete Linh.

»Das wird nie was«, widersprach Michael sofort. »Auf die Grünheimer kann man sich nicht verlassen. Selbst wenn wir gewinnen, werden die uns hängen lassen.«

»Wettschulden muss jeder einlösen. Auch die Grünheimer«, sagte Jabali.

»Pfffft!«, machte Michael. »Da kennst du die Grünheimer schlecht. Vergiss es! Ich mach mich doch nicht zum Affen.«

»Affig benimmst ja wohl gerade du dich«, konterte Ilka.

»Dann versucht es doch vier gegen vier. Ich mache jedenfalls nicht mit!«, stellte Michael klar. Er stand auf, packte seine Sachen und ging zur Tür. »Dann muss ich mir wohl eine andere Trainingsmöglichkeit suchen«, murmelte er, »wenn ihr nur auf die Grünheimer setzt!« Er verließ das Zimmer und schlug die Tür hinter sich zu.

Lennart, Jabali und Ilka blieben enttäuscht zurück. Aber Linh stürmte Michael hinterher und rief ihm noch zu: »Morgen sind wir um drei am Anleger. Überleg es dir noch mal!«

Michael stand schon mit seinem Rad am Anleger, als Ilka und Linh dort eintrafen. Sie hat-

 ten sich auch ihre Fahrräder genommen und kamen pünktlich am Anleger an.

»Super! Hast du es dir doch anders überlegt?«, freute sich Linh.

Michael antwortete nicht.

»Bist du immer noch sauer?«, fragte Ilka, als sie das Bootshaus aufschloss. Linh verstaute ihr Rad im hinteren Eck, während Ilka ihres gleich vorne links abstellte.

»Willst du deines nicht auch dazustellen?«, versuchte Ilka noch mal mit Michael ins Gespräch zu kommen. Es war sehr ungewöhnlich, dass er so wortkarg war.

»Danke nein, ich fahr gleich wieder«, nuschelte er und vergewisserte sich noch mal: »Wollt ihr Tom wirklich fragen?«

»Klar, was denkst du denn, warum wir hier sind? Ihre Boote sind nicht hier im Bootshaus. Das heißt, sie sind offenbar schon auf dem Wasser. Lange kann das nicht dauern, dann kommt der wieder hier vorbei.«

Plötzlich wurde es stockdunkel und die Tür fiel mit einem lauten Knall zu. Die feinen Schlitze zwischen den Holzbrettern strahlten gleißend weiß in den ansonsten dunklen Raum.

»Moment mal!« Ilka stieß ihren Körper gegen die Tür. Aber die rührte sich nicht. »Mist! Ich hab den Schlüssel draußen stecken lassen!«

Linh war in der plötzlichen Dunkelheit zum Eingang gestolpert und stemmte nun auch ihren Körper gegen die Tür.

»Die Grünheimer?«, fragte sie.

Ilka schüttelte den Kopf und ihr Tonfall ließ keinen Zweifel zu, dass sie wusste, wer es war.

»Michael!«, antwortete sie.

»Michael?«, wiederholte Linh entsetzt. »Ich glaub es nicht!«

Gerade hatte er in einer Blitzaktion die Tür zugeknallt, den Schlüssel umgedreht und sich ein paar Meter vom Bootshaus entfernt. Schon quälte ihn das schlechte Gewissen. Seine Freundinnen einzusperren, um sie so davon abzuhalten, mit Tom zu reden! Das war nicht gerade die Art, wie man mit Freundinnen umging! Michael hatte gar nicht lange überlegt, sondern, wie es seine Natur war, einfach schnell gehandelt. Er hatte mit den beiden noch mal reden und sie bitten wollen, einen anderen Weg zu suchen, gegen die Jugendlichen vorzugehen. Aber ihr Entschluss schien ja festzustehen. Außerdem war er sich sicher, mit Tom und den anderen würde es nur Ärger geben. Er sah sich den Schlüssel an und überlegte, wie er diese Kurzschlusshandlung den beiden erklären konnte. Sein Handy muhte. Ilkas Nummer

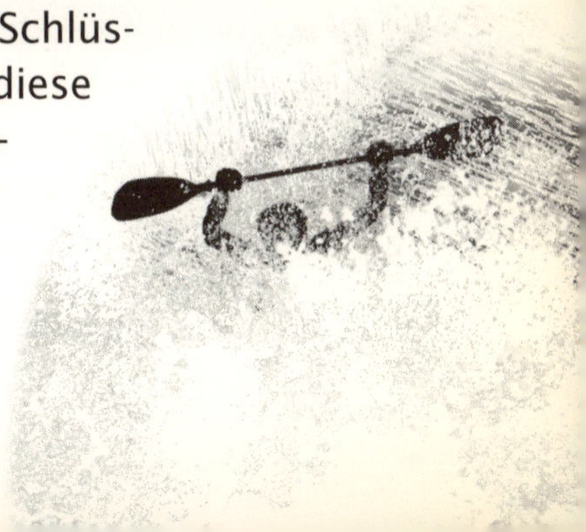

 erschien auf seinem Display. Michael verweigerte die Annahme.

Dann eine SMS von Linh: »Hast du uns versehentlich eingesperrt? Bitte mach uns wieder auf!« Linh hatte absichtlich diesen sehr versöhnlichen Ton angeschlagen. Auch wenn sie innerlich kochte und am liebsten ganz andere Worte benutzt hätte.

»Blöder Dickschädel!«, flüsterte sie Ilka zu und schüttelte den Kopf.

Michael wusste, dass er mit dieser Aktion zu weit gegangen war. Er ging zurück zum Bootshaus, öffnete die Tür und sah die Mädchen mit großen Augen an, als ob er überrascht wäre.

»Wer hat euch denn eingesperrt? Ihr wolltet doch mit den Grünheimern reden! Ist das ihr Dank?«, fragte er.

Ilka stellte sich vor Michael und holte tief Luft, als wollte sie einen Rekord im Luftanhalten aufstellen.

»Überleg dir jetzt jedes Wort«, ermahnte sie ihn und wiederholte langsam: »Gut überlegen, ja?«

Michaels gespielt überraschte Grimasse verwandelte sich plötzlich in ein eisig verzerrtes Gesicht.

»Wie wär's mit einer Entschuldigung?«, forderte Ilka ihn auf und forderte den Schlüssel mit ausgestreckter Hand.

Michael suchte vergeblich nach passenden Worten, schaute verlegen an den beiden vorbei.

»Manchmal genügt ein einziges Wort«, erinnerte ihn Ilka.

Michael blieb stumm.

»Statt dich in Grund und Boden zu schämen, setzt du böse Gerüchte gegen die Grünheimer in die Welt! Ich glaub es nicht«, schimpfte Linh. »Und jetzt stell dir mal vor, alles wäre umgekehrt und die Jugendlichen würden die Sperre gegen die Grünheimer ziehen. Würdest du versuchen, ihnen zu helfen, oder nicht?« Sie starrte ihn an und ließ den Blick nicht von ihm los. Linhs Gerechtigkeitssinn war besonders groß und eine der Eigenschaften, die sie auszeichnete. Michael konnte sie auch deswegen besonders gut leiden.

»Würdest du helfen oder nicht?«, wiederholte Linh.

»Es ist aber nicht andersrum«, bemerkte Michael kleinlaut.

»Komm endlich runter von deinem hohen Ross!«, sagte Ilka streng. »Ich glaube sogar, dass unsere Chancen noch größer sind, wenn *du* sie fragst.«

»Genauso ist es.«, stimmte ihr Linh zu.

»Ich? Ich soll ...?«, stammelte Michael.

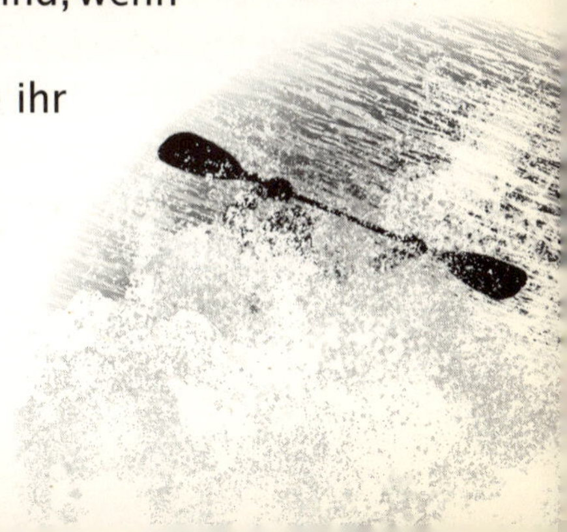

»Genau! Du sollst!« Und dann erklärte Linh ihm, wie er Tom am besten ansprechen sollte, damit er und seine Kumpels auch zusagten. Am Ende ihrer Erklärungen fragte sie: »So weit alles verstanden?«

Michael nickte. Er hatte aufgegeben, sich zu wehren. Solange er nicht mit einer besseren Idee auftrumpfen konnte, hatte er schlechte Karten. Zumindest hätte er sich noch ein wenig mehr Wartezeit gewünscht. Doch kaum hatte er widerwillig zugesagt, da fuhren Tom und die anderen Grünheimer schon am Anleger vorbei.

Michael räusperte sich, während er die Arme über sich kreuzte, um sich bemerkbar zu machen.

Linh sah, wie schwer es Michael fiel, ausgerechnet Tom um Unterstützung zu bitten.

»Könnt ihr Pause machen? Wir müssen mit euch reden!«, rief er.

Auch Linh und Ilka wedelten mit den Armen.

»Pause? Wir brauchen keine Pause«, lachte Tom und paddelte weiter.

Linh stupste Michael von hinten.

»Los, sag es!«, zischte sie leise.

»Wir brauchen eure Hilfe!«, ergänzte Michael.

»Die Fünf Asse brauchen meine Hilfe?«, wiederholte Tom mit hämischem Grinsen. Gemächlich bremste er seine Fahrt und schaute mit gönnerhaftem Blick nach hinten zu seinen Kumpels.

»Jungs. Kurzer Stopp! Der kleine Michael

braucht unsere Hilfe.« Dabei sprach er Michaels Namen nicht amerikanisch »Meikel« aus, wie es sich gehörte, sondern benutzte absichtlich die deutsche Version: Der kleine Mi-cha-el, das klang wirklich nach Kleinkind.

Michael biss sich wütend auf die Lippen.

Linh neben ihm aber freute sich: »Super, es klappt!« Ihr Plan ging auf.

Die Grünheimer machten am Anleger fest.

»Na, da bin ich ja mal gespannt. Ich dachte, du und deine Freunde, ihr haltet euch für unfehlbar und schafft immer alles alleine?« Er grinste breit.

Tun wir auch, wollte Michael gerade erwidern. Doch Linh war schneller.

»Diesmal nicht!«, fuhr sie Michael über den Mund, bevor der etwas Dummes sagen konnte, und erzählte von den Jugendlichen und ihren Angriffen.

»Das war bisher nur pures Glück, dass nichts Schlimmeres passiert ist«, ergänzte Ilka am Ende.

»Na und? Deswegen holt ihr uns vom Wasser? Was hat das mit uns zu tun?«, fragte Tom. »Wir sind noch kein einziges Mal bei unseren Trainings gestört worden.«

Tom machte Anstalten, wieder ins Kanu zu steigen, wo-

 bei er seine Kumpels schelmisch ansah. »Oder stört es euch, wenn die Fünf Asse Passiergeld zahlen müssen?« Seine Kumpels schüttelten einhellig die Köpfe und grinsten breit.

Nun war genau das eingetreten, was Michael von Beginn an behauptet hatte. Weder Tom noch die anderen Grünheimer fühlten sich für das Problem, das die Fünf Asse mit den Jugendlichen hatten, zuständig.

»Wie ihr seht ...«, sagte Tom abfällig zu Michael und den Mädchen, »... interessieren uns eure Probleme nicht die Bohne.«

Auch Michael wandte sich an die Mädchen. »Hab ich doch gleich gesagt: Tom ist eine Knalltüte und wird es immer bleiben. Da kannst du eher eine Gipsfigur um Hilfe bitten als diesen Schwachkopf!«

»Dann sind wir uns ja einig«, grinste Tom. »Ihr wollt meine Hilfe nicht und ich will nicht helfen.«

»Es sei denn, sie zahlen dafür«, warf einer der anderen Grünheimer ein.

»Bei dir piept's wohl!« Jetzt hatte auch Ilka allmählich die Nase voll.

Nur Linh blieb ihrem Plan treu. »Und wenn wir in einem Wettrennen gegen euch antreten?«, schlug sie vor.

»Im Kanu?«, fragte Tom.

Jetzt war Linh es, die frech grinste. »Du darfst

auch ein Tretboot nehmen, wenn du das besser kannst.«

Tom verzog das Gesicht.

Michael huschte ein Lächeln übers Gesicht. »Das traut er sich nicht, die Niete!«

»So? Meinst du?«, giftete Tom zurück. »Gegen uns habt ihr nicht die geringste Chance!«

Linh war zufrieden. Es lief genau nach ihrem Plan. Tom spielte sich auf und prahlte mit seinen Fähigkeiten, wobei er besonders Michael fixierte.

»Aber wenn wir doch gewinnen, dann helft ihr«, stellte Linh sofort klar.

»Gegen uns gewinnen? Das ist der Witz des Tages. Ha! Ha!« Tom tat so, als ob er sich selbst unter den Armen kitzeln würde. »Habt ihr Linh gehört, Jungs?« Mit einer abwehrenden Handbewegung begann er, das Tau von seinem Kanu wieder vom Haken zu lösen. »Keine Chance! Das schafft ihr niemals!«

»Na, dann kannst du ja einwilligen«, bemerkte Linh ganz nüchtern.

Tom ging einen Schritt auf sie zu. Linh wich aber nicht zurück.

»Die Frage ist«, sagte Tom und blickte abfällig auf Linh herab, »was bekommen wir, wenn wir gewinnen?«

»Ha!«, stieß Michael aus.

»Da müssten unsere Kanus schon ein Leck haben.«

Linh und Ilka schauten sich an. Daran hatten sie wirklich nicht gedacht. Natürlich würden sich die Grünheimer nicht auf eine Wette einlassen, wenn für sie nichts dabei herausspringen konnte.

»Meinen iPod«, bot Ilka spontan an.

Linh erschrak. Hatte sie richtig gehört? Ilka hatten ihren iPod erst zum Geburtstag bekommen. Sie war irre stolz darauf und liebte ihn über alles. Er war so teuer, dass Ilka eigentlich nicht im Traum daran gedacht hatte, ihn überhaupt zu bekommen. Und den setzte sie nun als Wettgewinn ein? War sie verrückt geworden? Auch Michael stutzte. Obwohl er sich wie immer sehr siegessicher war, bei einem so hohen Einsatz wurde ihm dann doch mulmig. Doch bevor er oder Linh etwas einwenden konnten, hatte Tom schon eingeschlagen.

»Abgemacht!«

»Aber«, betonte Ilka noch mal. »Wenn ihr verliert, dann müsst ihr uns mit vollem Einsatz helfen.«

»Pah, von mir aus«, willigte Tom lässig ein. »Niemals verlieren wir! Du kannst schon mal meine Lieblingsmusik auf deinen iPod laden.«

Seine Kumpels grölten.

»Also abgemacht«, fasste Linh zusammen.

»Fünf Rennen, jeweils eins gegen eins? Sagen wir auf der langen Geraden auf dem Kanal.«

Am Anfang dieser Geraden befand sich der Bereich, wo die Jugendlichen die Sperre gezogen hatten.

Ein bisschen überrascht über diesen schnellen konkreten Vorschlag von Linh, stimmte Tom zu. Seine Kumpels natürlich wie immer auch. Sie einigten sich auf den nächsten Tag. Ein schulfreier Samstag. Da würden alle können.

Als die drei die Rückfahrt antraten, zögerte Ilka einen Moment, bevor sie in die Pedale stieg.

»Leute, diese Wette dürfen wir echt nicht vergeigen!«

Linh wusste, worauf Ilka anspielte. Ihre Chancen, gegen die Grünheimer zu gewinnen, standen alles andere als gut. Sie mussten aber gewinnen, um die Erpresser-Jugendlichen loszuwerden und – um Ilkas iPod zu retten!

»Wir sollten uns sofort mit Lennart und Jabali treffen, um zu beraten, wie wir das Rennen gewinnen«, schlug Linh vor.

Michael und Ilka stimmten zu.

»Ach, übrigens ...«, ergänzte Linh und wandte sich an Michael, »... wir verraten den beiden natürlich nicht, dass du uns eingesperrt hast. Also los!«

Dafür mochte Michael Linh auch. Ein echt fairer Zug, dachte er, dass sie seine Absperraktion den anderen gegenüber nicht petzte. Und er war wirklich froh, dass sie sich so aktiv gegen die Jugendlichen einsetzte. Etwas aufgeregt, ob sie einen Weg finden würden, gegen die Grünheimer nun auch zu gewinnen, trat er nachdenklich in die Pedale.

Die Wette gilt!

Wie immer fand die Beratung bei Linh zu Hause statt. Linh hatte gerade allen eine Tasse frischen Kräutertee überreicht und sah versonnen in die Bilder, die der Tee in ihrer Tasse spiegelte.

»Und jetzt zum Plan, wie wir gewinnen!«

»Ich bin sehr gespannt«, sagte Michael. Nicht nur er ging davon aus, dass Linh vermutlich die Schwächste war und dass sie nicht die geringste Chance auf einen Sieg in einem Stechen mit einem der Grünheimer hatte. Aber ausgerechnet sie hatte einen Plan, den Wettkampf zu gewinnen?

»Woher nimmst du deine unerschütterliche Zuversicht?«, fragte darum auch Ilka.

»Ist euch nicht aufgefallen, was wir vereinbart haben?«, fragte Linh in die Runde.

»Doch, natürlich!«, versicherte Michael. »Fünf Rennen, eins gegen eins.«

Linh nickte. »Eben! Aber wir haben nicht festgelegt, wer gegen wen antritt.«

»Hä?«, fragte Michael. »Das liegt doch auf der Hand. Ich werde gegen Tom antreten, weil das ihr stärkster Kanute ist und ...«

»Falsch!«, widersprach Linh. »Ich werde gegen Tom fahren.«

»Du?«, staunte Michael. »Du hast doch nicht die geringste Chance. Wir müssen ...«

»... drei Rennen gewinnen«, übernahm Linh das Wort. »Ich verliere sowieso, weil ich die Schwächste bin. Also ist es besser, ich verliere gegen den stärksten Gegner, dann bleiben euch die Schwächeren, gegen die ihr sicherer gewinnt.«

Michael stand der Mund offen.

»Schlauer Plan!«, lobte Jabali.

Dem stimmte auch Lennart zu. »Fragt sich nur, wie wir die Grünheimer dazu kriegen, bei dieser Aufteilung mitzumachen.«

»Wir haben nicht festgelegt, wer gegen wen antreten wird«, erinnerte Linh. »Und bevor das in einen endlosen Streit ausartet, werden wir einfach vorschlagen, dass jeder die Reihenfolge seiner Kanuten bestimmt, wie bei einer Staffel, nur eben für die einzelnen Rennen: Rennen eins, Rennen zwei und so weiter.«

Michael zuckte mit den Schultern. »Na schön. Aber wie stellen wir sicher, dass ...?«

»Wir müssen entweder Glück haben oder ihre Reihenfolge vorausahnen.«

»Wie sollen wir das denn machen?« Das konnte auch Lennart sich nicht vorstellen.

»Im Zweifel, wenn es unentschieden stehen sollte, ist das entscheidende Rennen das letzte«, erklärte Linh. »Das wird Tom sich nicht nehmen lassen.«

Michael nickte. So schätzte er Tom auch ein.

»Und wir setzen mich gegen ihn«, strahlte Linh.

»Yippie! Linh gegen Tom, das ist wie David gegen Goliath«, freute sich Jabali lautstark. »So kann das klappen!«

»Ja«, sagte Michael. »Aber dann haben wir das fünfte Rennen verloren.«

»Nur werden wir dafür sorgen, dass das letzte Rennen gar nicht mehr ausgetragen wird«, entgegnete Linh. »Weil wir die ersten drei schon gewinnen. Michael fährt als Erster. Damit haben wir den ersten Sieg schon in der Tasche. Der zweite Gegner wird also schon etwas nervös sein. Und auch noch auf unseren zweitbesten Kanuten treffen: Jabali! Dann kommt das dritte Rennen. Wenn wir die ersten beiden gewinnen, ist das dritte Rennen vorentscheidend. Also wird da ein starker Kanute antreten. Aber nicht bei uns. Ilka ist die Zweitschwächste. Sie fährt das dritte Rennen. Und Lennart macht im vierten alles klar.«

»Super!« Lennart rieb sich die Hände, als ob er das Stechen schon gewonnen hätte.

Nur bei Michael wollte keine rechte Begeisterung aufkommen.

Ilka ahnte, weshalb.

»Willst du allein gegen Tom gewinnen oder lieber mit uns erst gegen die Grünheimer und später alle gemeinsam gegen die Jugendlichen?«, fragte sie ernst. »Entscheide dich endlich!«

»Sei doch froh, dass du es nicht mit dem Angeber aufnehmen musst, und die Chance, dass du dein Stechen gewinnst, ist noch größer«, tröstete Lennart Michael. »Wir wissen doch, wie viel du draufhast. Aber in diesem Fall müssen wir als Team gewinnen!«

Michael schwieg immer noch.

»Ungewöhnliche Aufgaben erfordern ungewöhnliche Lösungen«, sagte Ilka und räusperte sich, als sie von den anderen verwundert angeschaut wurde. Von Ilka erwartete niemand so einen Spruch. Passende Weisheitssprüche zum Besten zu geben, war Linhs Vorliebe, aber sie schien jetzt stumm auf Michaels Zustimmung zu warten. »Das sagt mein Vater manchmal«, erklärte Ilka und zuckte entschuldigend mit den Schultern. »Aber das stimmt doch, oder?« Sie grinste Michael an und klopfte ihm auf die Schulter. »Und dann werden wir ja sehen, ob die sich verdrücken oder ihr

Versprechen einhalten und uns gegen die Jugendlichen helfen.«

»Okay«, brummte Michael.

Das Wetter spielte mit. Der Himmel war strahlend blau, als sich die Fünf Asse und die Grünheimer am nächsten Tag trafen.

Vanessa und Jessica hatten es sich natürlich nicht nehmen lassen, bei diesem Spektakel dabei zu sein, nachdem Ilka ihnen davon erzählt hatte. Außerdem hatten sie kurzfristig die Werbetrommel gerührt. Darum schlossen sich ihnen auch einige Schülerinnen und Schüler aus ihrer Schule an und kamen als Zuschauer dazu. Wettkämpfe gegen die Grünheimer, gleichgültig in welcher Disziplin und aus welchem Anlass, fanden immer großes Interesse. Über diese Unterstützung von außen freuten sich die Fünf Asse sehr.

Fast schien es, als handle es sich hier um einen ganz normalen Wettbewerb.

»Das ist hier alles bitterer Ernst! Hier geht es um mehr als nur die Ehre oder eine Medaille«, klärten Jessica und Vanessa die anderen auf. »Die Grünheimer helfen nur gegen die Jugendlichen, wenn sie gegen die Fünf Asse verlieren.« Und dann berich-

 teten sie den anderen von den Hintergründen für diesen außerordentlichen Wettbewerb.

»Na, immer noch so siegessicher?«, rief Tom Michael zu. Nicht nur Michael hatte ein besonderes Auge auf Tom, sondern auch umgekehrt. Michael versuchte, ruhig zu bleiben und sich nicht provozieren zu lassen.

»Wir werden ja sehen«, antwortete er ausweichend. Er konnte Toms angeberischen Ton überhaupt nicht leiden. Wie gern hätte er ihm bewiesen, dass er in guter Form war.

Aber Linhs Plan war wirklich ausgeklügelt und Toms Mannschaft würde am Ende vielleicht kleinlaut helfen, gegen die Attacken der Jugendlichen anzugehen.

»Hast du wie gestern am Telefon vereinbart deine Startliste dabei?«, fragte Linh, die jetzt auf Tom zuging. Am Abend zuvor hatte sie ihn noch angerufen, um mit ihm die Starterliste nach Reihenfolge wie bei einer Staffel auszumachen. Tom hatte ohne Bedenken zugestimmt.

Linh war gespannt, ob sich ihre Vermutungen bewahrheiteten und sie selbst entsprechend die richtige Starterliste aufgestellt hatten. Auch Ilka knabberte schon nervös an ihren Fingernägeln.

Michael faltete die Liste der Fünf Asse auseinander und strich sie auf einem dicken Ast glatt.

Tom zerrte die Starterliste seiner Mannschaft aus seiner Hosentasche, als ob er einen Goldbarren hervorzog. Tom und Michael waren von ihren Teams jeweils zu den Mannschaftsleitern ernannt worden. Jetzt überprüften sie die Startreihenfolge und damit die Paarungen.

Michael erkannte sofort, dass Linhs Idee funktionieren konnte. Tom hatte sich erwartungsgemäß auf den letzten Platz gesetzt.

»Hä?«, staunte Tom, als er Linh auf Startplatz 5 sah. »Was ist das denn? Das ist doch ...«, er starrte auf den Zettel und schüttelte den Kopf. »Das, das ...«

»Nun sag schon! Was ist denn?«, fragte Simon von den Grünheimern. Auch die anderen Mitschüler warteten gespannt darauf, was Tom mitteilen würde.

»Ich soll gegen Linh antreten!«, rief Tom aus und verzog dabei das Gesicht, als sollte er ein Rennen in der Babygruppe einer Kinderkrippe bestreiten. Dann blickte er Michael verständnislos an. »Wieso fährst du nicht als Letzter? Das kann das entscheidende Rennen sein.«

»Ich hab das kürzeste Streichholz gezogen und muss als Erster starten«, verkündete Michael.

»Streichholz?«, wiederholte Tom fassungslos. »Seid ihr

 total plemplem? Was soll denn das für ein Wettbewerb sein?«

»Lass sie doch!«, amüsierte sich Simon. »Wenn sie unbedingt haushoch verlieren wollen.«

Tom war gar nicht zum Späße machen aufgelegt.

»*Du* musst gegen Michael antreten«, warf er Simon nur an den Kopf. Sein Tonfall verriet, dass er ihm kaum Chancen gegen Michael einräumte. Tom kaute nachdenklich auf seiner Unterlippe.

Jetzt hatte er begriffen, dass sie das erste Stechen schon mal verlieren, dachte Linh bei sich. Sie versuchte, ihre Freude über die gelungene Überraschung möglichst zu verbergen. Alle hatten erwartet, dass die beiden Streithähne direkt gegeneinander antreten würden und die Entscheidung so, bei Gleichstand, erst im fünften Stechen direkt zwischen Michael und Tom fiel.

»Also, was ist?«, unterbrach Ilka Toms Grübeln. »Wie sehen die anderen Paarungen aus?«

Tom besann sich und las die weiteren Paarungen laut vor.

»Stechen eins: Michael gegen Simon. Stechen zwei: Gringo gegen Jabali. Stechen drei: Siggi gegen Ilka!«

»Gegen ein Mädchen!«, stöhnte der Grünheimer Siggi enttäuscht.

»Stechen vier: Fischli gegen Lennart«, las Tom weiter. »Na ja, und Stechen fünf ...

»Wenn es dazu kommt!«, hatte Vanessa gerade dazwischenrufen wollen. Aber ein Seitenhieb von Ilka konnte es gerade noch verhindern.

»Ich gegen Linh!«, beendete Tom die Aufzählung, wobei er Linh wieder so aussprach, als hätte er in eine matschige Banane getreten.

»Na, da musst du ja alles geben«, grinste Linh und rieb sich die Hände: »Ich freu mich schon!«

Tom verzog sein Gesicht zu einem gekünstelten Lächeln.

Vanessa suchte noch schnell nach einem geeigneten Stein, auf den sie ein mitgebrachtes Sitzkissen legen konnte, da ertönte schon der Startpfiff für das erste Rennen.

Jessica hatte die Aufgabe übernommen, das Startsignal zu geben. Eigens für diese Aufgabe hatte sie sich in ihren schicksten Trainingsanzug geworfen, der ausnahmsweise mal nicht rosa war, sondern schwarz, und nur drei elegante pinkfarbene Streifen an den Seiten aufwies. Ihre Trillerpfeife glitzerte chromsilbern im Sonnenlicht.

Timo, ein Junge von den Grünheimern, hatte sich im Ziel aufgebaut und schwang dort die Zielfahne.

Das erste Rennen bestritt Michael gegen Simon. Es wurde für die Grünheimer zu einem noch größeren Desaster, als Tom es schon befürchtet hatte. Simon war ihr schwächster Kanute, denn sie hatten fest damit gerechnet, dass er gegen Linh würde antreten müssen. Die saß nun aber vergnügt am Rand und schaute zu, wie Michael schon nach wenigen Schlägen eine ganze Bootslänge Vorsprung herausgefahren hatte.

»Der hat sich noch nicht mal richtig angestrengt«, kommentierte Jabali. »Das ist eine reine Ausflugstour für ihn.«

»Ich weiß«, muffelte Tom vor sich hin. So erging es ihm auch, wenn er gegen Simon antrat. Simon kämpfte, so gut es ging. Vor Anstrengung war sein Kopf schon feuerrot angelaufen. Sein Puls raste und ihm sprang fast das Herz aus dem Leib. Tapfer paddelte er, so schnell er konnte. Doch gegen Michael hatte er nicht den Hauch einer Chance. Ruhig, gleichmäßig und kraftvoll zog Michael das Paddel durchs Wasser und mit jedem Schlag vergrößerte er den Abstand zu Simon. Michaels Sieg war so eindeutig, dass er nicht einmal die Hände zu einer Siegerpose in die Höhe hob, als er durchs Ziel glitt. Der Sieg war ihm einfach zu leichtgefallen.

Die Fünf Asse, Vanessa und die anderen Mitschüler am Ufer aber jubelten und grölten vor Freude. 1:0 für die Fünf Asse!

Vanessa stand sogar auf und warf ihr Sitzkissen hoch in die Luft. Allerdings konnte sie es nicht wieder auffangen, weil es in den Ästen eines Baumes hängen blieb.

»Abwarten!«, beschwichtigte Tom. »Die Besten kommen noch.«

Oder auch nicht, dachte Linh. Ihr Plan ging auf. Erst recht, wenn jetzt Jabali gegen Gringo gewinnen würde.

Doch Jabalis Start missglückte. Statt stetig an Fahrt zu gewinnen und mit schnellen, kleinen Schlagweiten zu beschleunigen, stellte er sich gleich zu Beginn quer. Ein paar Kinder am Rand lachten ihn aus. Besonders Tom hüpfte vor Freude und schlug sich auf die Schenkel.

»Super! Der fährt Karussell auf dem Fluss.«

Doch auch Gringo kam nicht richtig voran und hatte sichtlich Probleme, sein Kanu in der geraden Spur zu halten.

Sofort sprangen die Anhänger der Fünf Asse am Ufer auf, um Jabali anzuspornen.

»Weiter! Nicht aufgeben! Weiter!«

Aufgeben kam für Jabali ohnehin nicht infrage. Dieses Wort kannte er gar nicht. Er, der schon barfuß Laufwettkämpfe gewon-

nen hatte, ließ sich doch nicht von so einem blöden Kanu aus dem Takt bringen! Jabali spürte, gegen diesen Grünheimer hatte er eine echte Chance. Das spornte ihn erneut an. Konzentriert und locker zugleich zog er Schlag für Schlag nach vorne. Er wusste von sich, dass ihm zu viel Nachdenken über den effektivsten Schlag jetzt nur schadete. Wie beim Laufen versuchte er, einen Rhythmus zu finden und sich nur auf diesen zu konzentrieren. Mit Erfolg. Er spürte, wie seine Schlagzahl reichte, um Gringo zu kontrollieren. Gringo kämpfte, legte zu. Aber Jabali hörte auch, wie sehr Gringo sich anstrengen musste. Er keuchte und prustete wie eine alte Diesellok. Mit seiner Kondition hatte Jabali hingegen noch nie Probleme gehabt. Mühelos konnte auch er seine Schlagzahl erhöhen. Bis zum Schluss hielt Jabali Gringo immer eine halbe Bootslänge hinter sich. Gringo legte zum Schluss noch einmal kräftig zu. Aber es reichte nicht mehr. Um eine viertel Bootslänge verpasste er den Sieg.

»Geschafft!«, schrie Jabali sein Glück heraus und stemmte sein Paddel vor Freude in die Luft, wie ein Gewichtheber seine Stange.

2:0 für die Asse.

Für die Grünheimer stand nun im nächsten Rennen schon alles auf dem Spiel. Unterlagen sie jetzt, hatten sie die Gesamtwette verloren. Allmählich dämmerte Tom, welche Strategie Linhs

Plan verfolgte. Die Grünheimer hatten ihre beiden stärksten Kanuten auf die Rennen drei und fünf gesetzt, weil sie diese beiden für die entscheidenden hielten. Nun stellte sich heraus, dass ein Sieg im dritten Rennen sie lediglich im Wettkampf beließ und ein fünftes Rennen vielleicht gar nicht mehr stattfand.

Die Fünf Asse hingegen hatten bereits durch ihre beiden stärksten Kanuten einen komfortablen Vorsprung herausgefahren. Im dritten Rennen würde Ilka zwar jetzt verlieren, aber eine Niederlage schadete ihnen kaum. Denn im vierten Rennen konnte der ebenfalls starke Lennart alles entscheiden.

»Vielleicht kommen wir gar nicht mehr zu unserem Rennen«, teilte Linh Tom mit, als sie bemerkte, dass ihm seine taktischen Fehler bereits dämmerten.

Tom gab zur Antwort nur unverständliche Grunzlaute von sich.

Dann pfiff Jessica das nächste Rennen an: Ilka gegen Siggi.

Der Grünheimer ging das Rennen von Anfang an schnell und ungestüm an. Er machte gleich viel Wasser zwischen sich und Ilka gut. Aber schon nach wenigen Metern verlor er seine Ideallinie und

 Ilka konnte den Abstand verringern. Trotzdem spürte sie, wie sie an ihre körperlichen Grenzen stieß. Nur ein wenig die Schlagzahl erhöhen und das Paddel noch weiter vorne ins Wasser setzen, dann könnte sie an Siggi herankommen. Aber sie merkte jetzt schon, wie ihre Armmuskeln zu brennen anfingen, ihr Puls hochschnellte bis zum Anschlag. Sie konnte einfach nicht schneller. Dennoch versuchte sie, ruhig zu bleiben, und ahnte, dass im gleichmäßigen Schlag ihre einzige kleine Chance lag. Beim Schwimmen hätte sie ihren Beinschlag erhöhen können, um die Arme zu unterstützen. Hier ging das nicht. Alle Kraft lag in den Armen und im Oberkörper. Und darin war sie Siggi unterlegen. Aber auch Siggi konnte Fehler machen, auch er konnte sich übernehmen. Es war möglich, dass von einem Moment auf den nächsten seine Muskeln dichtmachten und dann überhaupt nichts mehr ging. Ilka musste einfach nur in ihrem Tempo durchhalten und auf etwas Glück hoffen.

»Gut so!«, rief Linh ihr zu. Sie hatte gleich erkannt, dass Ilka versuchte, Linhs Mahnung zu befolgen. »Wer es nicht versucht, hat schon verloren! Fahr einfach dein Rennen, kümmere dich nicht um Siggi!«, hatte sie ihr noch zugeflüstert.

Doch Siggi hatte seinen Fehler schon wieder korrigiert, fand zu seinem Rhythmus zurück und vergrößerte seinen Vorsprung wieder. Ilka seufzte, aber ihr Schlag blieb unverändert ruhig. Die rote Zielfahne vor Augen, hatte Siggi wieder so viel Tempo zugelegt, dass er als Sieger schon feststand. Aber was war das? Wieder verließ der Grünheimer die Ideallinie! Er zerrte wild und aufgeregt an seinem Paddel, das sich scheinbar an irgendetwas im Wasser verheddert hatte. Ilka konnte wieder verkürzen. Diesmal kam sie an ihn heran und konnte ihn sogar überholen. Im gleichen Moment stach Siggi wieder ein.

»Endlich!«, hörte Ilka ihn erleichtert ausrufen. »Gegen dich verlier ich nicht! Nicht gegen ein Mädchen ...«, schwor der Grünheimer sich ein.

Das stachelte Ilka zusätzlich an. Noch einmal legte sie alle Kraft in ihre Schläge, erhöhte das Tempo mehr, als ihr guttat. Doch in diesem kurzen Moment spürte sie, dass sie tatsächlich eine Chance auf den Sieg hatte. Vom Ufer her hörte sie die Zurufe ihrer Freunde. Nur noch ein kurzes Stück ... Ilka gab alles.

»Du schaffst es!«, feuerte sie sich selbst an. »Du schaffst es!«

Doch sie schaffte es nicht.

Mit kräftigen gleichmäßigen, aber schnellen Zügen zog Siggi an ihr vorbei. Sein schmerzverzerrtes Gesicht zeigte, auch

er gab alles. Lieber wäre er gestorben, als gegen ein Mädchen zu verlieren.

»Blödmann!«, dachte Ilka noch, doch dann war Siggi an ihr vorbei und gewann mit einer ganzen Bootslänge.

Trotzdem war Ilka stolz auf sich. Sie wusste, dass Siggi der zweitstärkste Kanute der Grünheimer war. Und sie hatte nur knapp gegen ihn verloren.

Entsprechend wurde sie von ihren Freunden begrüßt. Lennart und Jabali klopften ihr anerkennend auf die Schultern.

Linh und Lennart standen noch am Start, weil ihre Rennen noch bevorstanden. Aber sie sah, wie ihr beide in der Ferne zujubelten. Obwohl sie verloren hatte.

»Gut gekämpft«, lobte Jabali. »Um ein Haar hättest du schon den Wettkampf entschieden.«

»Lennart soll auch mal was tun«, grinste Ilka zurück. »Jetzt ist er dran.«

Lennart und Fischli standen schon zum Start bereit.

»An dir hängt jetzt alles!«, rief Lennart ihm zu und grinste breit. Fischli war die Nervosität ins Gesicht geschrieben. Denn Tom hatte ihm soeben genau das Gleiche gesagt. Linhs Plan ging auf. Durch ihre Taktik hatten sie einen Vorsprung herausgefahren, der die Grünheimer mächtig unter

Druck setzte. Keine besonders gute Voraussetzung, ein gutes Rennen zu fahren. Denn der Kanusport hat viel mit Konzentration, Taktik und Krafteinteilung zu tun. Das alles kann schnell durcheinanderkommen, wenn man das Rennen zu übereilt und zu ungestüm angeht, was wiederum schnell geschieht, wenn man nicht nur gewinnen will, sondern unter allen Umständen gewinnen *muss*. Lennart konnte sein Rennen entspannt angehen, denn im Falle einer Niederlage stand immer noch das fünfte Rennen aus. In dem hatte zwar Linh gegen Tom keine Chance, aber Ilka hatte eben gezeigt, dass sich selbst ein so klares Blatt schnell wenden konnte.

»Ich werde gewinnen«, zischte Fischli ihm zu.

»Dann musst du aber aufhören, so zu zittern«, lachte Lennart ihm ins Gesicht. Er wusste, welch hohen Anteil auch die Nerven in so einem Rennen spielten.

Jessicas Pfiff schrillte laut über das Wasser. Im gleichen Moment begann Lennarts Anhang zu brüllen und zu klatschten, um ihn anzufeuern. Lennart staunte über die Menge, die auf seiner Seite war. Viele, die er im Startbereich gesehen hatte, kannte er nicht. Er hatte sie vielleicht mal auf dem

 Schulhof gesehen, aber das war's auch schon. Trotzdem standen sie jetzt hinter ihm und feuerten ihn an.

Klasse!, dachte Lennart, während er spürte, dass Fischli offenbar ähnlich stark war wie er. Vom Start weg behielten sie lange abwechselnd die Nase vorn. Lennart begriff, dass die Entscheidung auf den letzten Metern fallen würde. Es kam also darauf an, für den Schlussspurt genügend Kraftreserven zu behalten, ohne vorher den Anschluss zu verlieren. Fischli würde ähnlich denken. Hatte er noch Kraftreserven oder war das Tempo, das er jetzt vorlegte, sein Maximum? Lennart nahm sich vor, es zu testen. Er pustete einmal kräftig durch und setzte zu einem kleinen Zwischenspurt an. Sofort zog er an Fischlis Boot vorbei. Irgendwo im Hintergrund nahm Lennart die Jubelschreie seines Anhangs wahr.

»Er schafft es! Er schafft es!«, jubelte Vanessa.

Michael blieb da skeptischer. »Wenn er das Tempo beibehält, bricht er gleich zusammen«, befürchtete er. »Er muss seine Kraft besser einteilen!«

»Das hab ich ihm vor dem Rennen extra noch gesagt«, teilte Jabali mit.

»Vielleicht testet er nur Fischlis Kondition?«, konnte Linh sich vorstellen.

»Hoffentlich«, betete Michael.

Lennart erkannte, dass Fischli mithalten konnte. Auch er beschleunigte, hielt den Anschluss nicht nur, sondern zog sogar kurz an Lennart vorbei. Das Spiel, bei dem sich abwechselnd die Spitze des einen Bootes leicht vor die des anderen schob, begann von Neuem. Lennart spürte, dass er diese Tempoverschärfung nicht lange würde mithalten können. Lennart nahm ein wenig Tempo heraus und konnte nur hoffen, dass Fischli darauf eingehen würde. Doch Fischli witterte nun offenbar seine Siegchance. Als er merkte, dass Lennart ein wenig zurückfiel, legte er sogar noch an Tempo zu. Der Abstand zu Lennart vergrößerte sich rasch auf eine ganze Bootslänge.

Verdammt!, fluchte Lennart innerlich. Kurz überlegte er, ob er auch noch einmal zulegen sollte. Doch er wusste, dann würde er nach wenigen Metern vollkommen platt sein. Er musste sich für die letzten Meter noch Kraft aufsparen. Fischlis Vorsprung vergrößerte sich weiter.

Michael am Ufer raufte sich die Haare. »Verflixt! Jetzt ist er geplatzt!«

Vanessa schaute Michael entsetzt an, obwohl sie natürlich wusste, was er meinte: Lennart hatte alle Kraftreserven ausgeschöpft, konnte nichts mehr hinzu-

 setzen. Im Gegenteil: Lennart konnte froh sein, wenn er überhaupt noch ins Ziel kam.

Jabali widersprach: »Oder gerade nicht. Vielleicht spart er sich die Kraft nur auf?«

»Dann wird es aber Zeit«, fand Michael. »Fischli ist schon zwei Bootslängen voraus.«

Der Jubel der Grünheimer nahm genauso zu wie der Abstand zwischen Fischli und Lennart. Alle wussten: Danach, im fünften Rennen, würde Tom gegen Linh alles klarmachen.

Derweil paddelte Lennart in seinem Tempo weiter. Er wusste, er war nicht langsam. Aber er spürte, wie sein Puls sich erholte. Er würde am Schluss noch genügend Kraft haben für einen Spurt. Wenn es überhaupt zu einem Spurt mit Fischli kommen würde. Doch der Abstand hielt sich bei zwei Bootslängen.

»Nicht nervös werden«, sprach Lennart mit sich selbst. »Nerven behalten. Noch liegt genug Strecke vor uns. Jetzt kommt's auf Disziplin an.« Er hatte das Gefühl, dass Fischli genau diese Disziplin fehlte. Fischli freute sich zu sehr über seinen herausgefahrenen Vorsprung, dass er nicht mehr auf seinen Körper hörte.

»Nicht nervös werden!« Immer wieder sprach Lennart diese Warnung vor sich hin. Der Abstand zu Fischli blieb eine kurze Zeit konstant. Und dann – verringerte er sich!

Zuerst war Lennart sich unsicher, ob sein Eindruck ihn nicht täuschte, doch dann hatte er Gewissheit. Der Abstand zu Fischli war von zwei auf eineinhalb Bootslängen geschrumpft.

»Er kommt wieder ran!«, erkannte auch Linh aufgeregt am Ufer.

Eineinviertel Bootslängen.

Eine Bootslänge.

Die Zielflagge rückte schon in deutliche Nähe.

»Jetzt hab ich dich«, brüllte Lennart. Fischli brach ein. Das fühlte er.

Nun wollte Lennart seine Kraft für den Schlussspurt nicht länger aufbewahren. Er setzte zum Spurt an. Fischli beschleunigte nicht. Wartete er? Oder konnte er nicht mehr?

An eine halbe Bootslänge war Lennart schon herangefahren, obwohl er noch nicht das Letzte aus sich herausgeholt hatte. Als nur noch die Spitze von Fischlis Boot leicht vorn lag, startete Lennart richtig durch. Es war, als ob Fischli schon angelegt hätte, so sauber und klar glitt Lennart an ihm vorbei. Fischli keuchte. Sein Kopf drohte zu platzen. Er hatte sich im Zwischenspurt vollkommen verausgabt. Noch einmal setzte Fischli an, um ebenfalls einen Spurt einzulegen,

 brach aber sofort wieder ab. Er war am Ende seiner Kräfte.

Lennart glitt mit einem Vorsprung von einer halben Bootslänge unter dem tosenden Jubel seines Anhangs als Sieger durchs Ziel.

Die Fünf Asse hatten den Wettbewerb gewonnen!

Wildwasser!

Unmittelbar hinter der Ziellinie legte Lennart sein Paddel quer vor sich übers Boot, ließ sich einfach treiben, senkte den Kopf und atmete tief durch. Er war bis an die Grenze seiner Leistungsfähigkeit gegangen. Aber er hatte es geschafft. Er schloss die Augen, genoss den Moment und fühlte, wie sich sein Puls langsam beruhigte.

Als er die Augen öffnete, sah er ein Zweierkanu vor sich, in dem zwei Jugendliche saßen. Lennart erschrak, sah zurück und bemerkte, dass Fischli längst umgekehrt und ans Ufer gefahren war. Alle Zuschauer standen am Ufer auf der Höhe der Ziellinie, von der er sich bereits ein gehöriges Stück entfernt hatte. Zwischen ihm und der Ziellinie spannte sich nun ein Seil quer über den Fluss und aus den Zweigen, die weit übers Ufer hinaus ins Wasser ragten, startete gerade – der gelbschwarze Jetski, den Felix steuerte. Lennart konnte es gut erkennen, weil Felix keinen Helm trug.

Lennart saß in der Falle,

 durch das Seil abgetrennt von seinen Freunden. Allein zwischen dem Jetski hinter und dem Zweierkanu vor sich.

»Verdammt!«, fluchte Lennart. Wie aus dem Nichts war Felix mit seiner Bande aufgetaucht und hatte offenbar nur auf die Gelegenheit gewartet, einen der Fünf Asse allein zu erwischen. Lennart hatte sich so sehr auf sein Stechen konzentriert, dass er gar nicht mehr an die Bande gedacht hatte. Was sollte er jetzt tun? Was hatten die Jugendlichen mit ihm vor?

Von Weitem entdeckte Michael den Jetski. Aufgeregt zeigte er dorthin.

»Lennart!«, rief er entsetzt. »Seht nur, sie nehmen Lennart in die Mangel!«

Alle Zuschauer hatten das Rennen zwischen Lennart und Fischli mitverfolgt, indem sie am Ufer mitgelaufen waren. Weil es für die Grünhheimer das entscheidende Rennen gewesen war, war niemand mehr am Start geblieben. Nicht einmal Tom und Linh, die – wenn Fischli gewonnen hätte – ja noch ein Stechen hätten austragen müssen.

»Wir müssen ihm helfen«, rief Michael. »Schnell!«

Linh stieß Tom an. »Jetzt kannst du beweisen, ob du Wort hältst!«

Tom nickte mürrisch. Andererseits konnte er

die Schmach seiner Niederlage vielleicht wieder wettmachen, wenn er sich jetzt als Retter von Lennart zeigte. Wenn er nur gewusst hätte, wie er das anstellen sollte.

»Was soll ich denn tun?«, fragte er ratlos.

Die Antwort konnte Linh ihm leider auch nicht geben. Sie hatte einen Plan erarbeitet, wie sie die Hilfe der Grünheimer gewinnen konnten. Wie diese Hilfe aussehen sollte, darüber hatte sie sich noch keine Gedanken gemacht. Mit einem so plötzlichen Auftauchen von Felix und seiner Bande hatte sie nicht gerechnet.

»Los!«, brüllte Michael.

»Was hast du vor?«, fragte Tom.

Michael zuckte mit den Schultern. »Keine Ahnung. Auf jeden Fall nicht hier stehen bleiben und Wurzeln schlagen.«

Michael sprang schon in sein Kanu.

Tom sah sich um. Sein Kanu lag noch am Ufer im Startbereich, bereit für ein mögliches fünftes Stechen.

»Nimm meines!«, rief Jabali ihm zu. Er würde vom Ufer aus helfen. Irgendwie. Zu Fuß war er ohnehin stärker als im Kanu.

Tom griff sich Jabalis Paddel, sprang ins Kanu und folgte Michael, der schon losgepaddelt war. Bevor Tom al-

 lerdings das Paddel ins Wasser stach, pfiff er auf zwei Fingern und winkte seine Grünheimer zu sich.

Wie ein Feuerwehrzug im Einsatz sprangen alle Grünheimer, die ein Rennen gefahren waren, in ihre Kanus und folgten Tom. Ilka hinterher. Da Linhs Kanu ebenso wie das von Tom im Startbereich stand, sprang sie zu Ilka ins Boot. Zu zweit waren sie mindestens genauso schnell wie die Jungs im Einer.

Jabali sah sofort, wie er sich am Ufer nützlich machen konnte. Mit hoch erhobenen Händen gab er das Zeichen zum Sammeln aller Zuschauer, rund vierzig Kinder, schätzte er.

Als Erste stand Vanessa bei Jabali. »Mit denen habe ich ohnehin noch ein Hühnchen zu rupfen!«, rief sie kämpferisch.

Felix hatte sich mit seinem Jetski inzwischen direkt vor Lennart aufgebaut.

»Zahltag!«, rief er Lennart – fast schon fröhlich – entgegen. Offenbar freute er sich, endlich einen der Fünf Asse allein erwischt zu haben.

»Ich hab kein Geld dabei«, antwortete Lennart wahrheitsgemäß.

Felix schien auf die Antwort vorbereitet gewesen zu sein.

»Dann nehmen wir eben dein Kanu in Zahlung«, bestimmte er prompt.

»Aber das gehört der Schule«, entgegnete Lennart, was bei Felix aber nur ein müdes Lächeln hervorrief.

»Dein Pech!« Und dann stieß er in scharfem Ton seine Forderung aus: »Aussteigen!«

»Was?« Lennart verstand nicht recht.

»Aussteigen!«, wiederholte Felix. »Hörst du schwer? Raus aus dem Kanu!«

Lennart sah keine Chance, sich zu widersetzen. Er griff sein Paddel, um ans Ufer zu fahren.

Doch so hatte Felix es nicht gemeint. Er stellte seinen Jetski quer vor Lennarts Kanu. »Hier! Jetzt! Sofort!«, forderte er.

»Hier?«, fragte Lennart entsetzt. Er befand sich mitten auf dem Fluss. An der tiefsten Stelle.

Felix nickte unbarmherzig. »Raus! Sofort! Oder wir werfen dich raus!«

Tom und Michael paddelten nebeneinander und führten sechs weitere Kanus an, die ihnen folgten. Michael sah, wie Lennart sich in dem Boot erhob und nun in seinem Kanu stand.

»Was macht denn der da?«, wunderte sich Tom. »Der fällt gleich ins Wasser, wenn der so weitermacht!«

»Vielleicht soll er das«, ahnte Michael.

»Hä?«, fragte Tom. »Du meinst, er soll ins Wasser springen?«

Michael nickte.

»Was ist denn das für ein Weichei, dass der sich kampflos ergibt?«, fragte Tom voller Unverständnis.

Michael schaute zu Tom hinüber – und musste seinem alten Widersacher recht geben. Dann blickte er wieder geradeaus zu Lennart und brüllte: »Lennart, tu's nicht!«

Lennart hörte Michaels Warnung, drehte sich nach hinten um und sah, wie acht Kanus direkt auf ihn zu paddelten. Ein erleichtertes Lächeln huschte über sein Gesicht.

Michael erkannte, dass Lennart zu ihm sah, und zeigte zum Ufer. Lennarts Blick ging in die angezeigte Richtung. Alle, die zum Rennen gekommen waren, also rund vierzig Kinder, eilten entlang des Ufers auf dem Fahrrad oder zu Fuß zum Ort des Geschehens, um Lennart zu helfen.

Offenbar hatte Felix noch nicht bemerkt, was da auf ihn zukam.

»Was ist?«, blaffte er Lennart an. »Ich zähle bis drei!«

»Pass auf, dass du dich nicht verzählst!«, konterte Lennart und setzte sich wieder. »Du kannst ja versuchen, mich aus dem Boot herauszubekommen!«

Sein Paddel hielt er nun wie eine Waffe vor sich, bereit zum Kampf.

»Sieh an«, lachte Felix gehässig auf. Aber ihm war anzumerken, wie sehr es an ihm nagte, dass Lennart plötzlich keine Angst mehr zeigte. Er gab den Jugendlichen im Kanu einen Wink. »Holt den kleinen Hosenscheißer aus dem Boot! Bei drei! Eins ...«

»Mist, ein Sperrseil!«, rief Tom und zeigte auf das Tau, das Felix' Bande quer über den Fluss gespannt hatte. Michael schaute zum rechten Ufer. Dort war das Seil an einem Baum festgeknotet. Am linken Ufer hielt einer der Jugendlichen das Seil straff gespannt, sodass es nur zehn bis fünfzehn Zentimeter über der Wasseroberfläche schwebte. Tief genug, um jedes Kanu am Passieren zu hindern. Michael sah aber auch, dass die ersten ihrer Helfer am Ufer den Jugendlichen fast erreicht hatten. Dass Jabali zu den Ersten gehörte, wunderte Michael nicht, obwohl der nur zu Fuß lief. Zu Michaels großem Erstaunen aber folgte ihm dicht auf den Fersen Vanessa auf ihrem Mountainbike.

Michael gab Jabali ein Zeichen, indem er auf den Jugendlichen mit dem Tau zeigte und sich dann mit dem Finger über den Hals strich, als wollte er sich die Kehle durchschneiden.

»Was soll das bedeuten?«, fragte Tom.

»Jabali wird uns den Weg frei machen«, versprach Michael.

Tom schaute zum Ufer. »Nicht schlecht«, sagte er anerkennend.

Doch Michael hatte sich getäuscht. Nicht Jabali war es, der sich an den Jugendlichen heranpirschte. Sondern Vanessa hatte das Zeichen ebenfalls gesehen und die Situation sofort erfasst.

»Das ist doch einer der Lebensmüden, die mich zum Kentern gebracht haben«, schnaubte sie.

Jabali nickte ihr zu. »Allerdings!«

Vanessa trat noch kräftiger in die Pedale, raste auf den Jugendlichen zu und bremste mit einer Geschicklichkeit, die ihr Jabali niemals zugetraut hätte.

Oft wurde Vanessa vollkommen unterschätzt. Vanessa war klein, breit und dick. Aber nicht fett. Ein beachtlicher Teil ihrer Leibesfülle bestand aus puren Muskeln. Nicht umsonst besuchte auch Vanessa eine Schule, die ausdrücklich den Leistungssport förderte. Vanessa war eine ausgezeichnete Kugelstoßerin und Diskuswerferin. Sie absolvierte ein knallhartes Krafttraining, trainierte fleißig ihre Beweglichkeit durch ein umfangreiches Gymnastikprogramm und hatte im Nebenfach sogar noch Mädchenringen belegt. Der größte Fehler, den jemand machen konnte, war, Vanessa zu reizen.

Vanessa erinnerte sich daran, wie sie wegen der

Jugendlichen gekentert war und beinahe sogar zu ertrinken drohte. Das Blut in ihr brodelte vor Wut. Vanessa stieg vom Rad und stampfte mit gesenktem Kopf auf den Jugendlichen zu wie ein tollwütiger Stier.

»Hey du!«, brummte Vanessa.

Der Jugendliche, der sich auf das Spannen des Seils konzentrierte, hatte weder Vanessa noch die anderen Kindern vorher bemerkt. Leicht erschrocken drehte er sich um, sah im Bruchteil einer Millisekunde nur irgendetwas Dunkles direkt auf sich zukommen. In der nächsten Millisekunde spürte er einen stechenden Schmerz im Nasenbein, einen weiteren Atemzug lang sah er nur noch Sternchen und dann nur noch Schwarz. Als er die Augen wieder aufschlug, schaute er zunächst in den blauen Himmel, dann sah er das wütende Gesicht eines dicken Mädchens über sich, das die Faust ballte und offenbar gerade ein zweites Mal zuschlagen wollte. Blut rann ihm aus der Nase über die Lippen und die Wangen.

»Es ist gut, Vanessa!«, rief Jabali. »Es reicht. Ich glaube, du hast ihm schon das Nasenbein gebrochen.«

Jessica hob das Seilende auf, das lose auf dem Boden lag, und hielt es triumphierend in die Luft.

»Der Weg ist frei!«, verkündete Michael.

»Donnerwetter!«, staunte Tom.

Die acht Kanus paddelten über das schlaff im Wasser hängende Seil hinweg.

Jetzt erst erkannte Felix, was da auf ihn zukam. Einen Moment lang zögerte er, schaute sich um und schien ratlos zu sein, was er als Nächstes tun sollte. Schließlich drehte er am Gashebel seines Jetskis, ließ den Motor aufheulen und wollte gerade losdüsen. Doch in dem Moment erfüllte Tom sein Versprechen. Er und Michael waren bereits bis auf einen Meter an ihn herangekommen. Und dann tat Tom etwas, was bei Michael nur ein ungläubiges Staunen hervorrief.

Tom stand in seinem Kanu auf, setzte einen Fuß auf den Rand des Bootes, und als wollte er mit einem Kopfsprung ins Wasser springen, um jemanden in höchster Not zu retten, sprang er vom Boot ab, stürzte sich auf Felix und riss ihn mit sich ins Wasser.

Michael brauchte nur eine Schrecksekunde, um zu entscheiden, dass er Tom jetzt helfen musste.

»Lennart! Nimm du den Jetski!«, rief er hastig. Dann sprang er zu Tom und Felix, die sich im Wasser schon einen Kampf lieferten.

Nach nur zwei Schwimmzügen hatte Michael Felix von hinten erreicht, packte ihn und drückte ihm den Kopf unter Wasser, während Tom ihm vorn die Hände festhielt.

Als Felix panisch auftauchte, um nach Luft zu schnappen, legte Tom seinen Arm von hinten um Felix' Hals und drückte zu. Diesmal kümmerte sich Michael um Felix' Hände, mit denen er sich weder wehren noch schwimmen konnte.

Immer wieder tauchten sie Felix unter.

Die zwei Jugendlichen wollten schnell das Weite suchen, doch es war zu spät. Fünf Kanus hatten sie bereits umkreist.

»Ich würde jetzt keine Fehler machen«, drohte Ilka ihnen, »sondern ganz brav ans Ufer fahren!«

Die beiden Jugendlichen in dem Zweierkanu gehorchten und paddelten langsam, begleitet von fünf Kanus und einem Jetski, den Lennart erstaunlich sicher steuerte, ans Ufer, wo die vierzig Kinder den Jugendlichen mit dem gebrochenen Nasenbein und zwei weitere in Schach hielten.

»Die Polizei kommt gleich«, rief Jabali Linh und Ilka zu.

Blieben nur noch Tom, Michael und Felix.

Doch auch der Kampf hatte schnell sein Ende gefunden. Gegen die beiden kräftigen, athletischen Zehnkämpfer Michael und Tom hatte selbst ein Felix im Wasser keine Chance. Nachdem er fünf

 Mal hintereinander unfreiwillig ordentliche Portionen Wasser hatte schlucken müssen, gab er auf und ließ sich von den beiden ans Ufer bringen, wo er und seine ganze Bande wie begossene Pudel darauf warten mussten, von der Polizei abgeführt zu werden.

Tom und Michael sahen sich stumm an.

»Das hast du wirklich gut gemacht!«, lobte Michael Tom nach einer Weile.

»War ’ne Kleinigkeit«, prahlte Tom.

Michael wollte erst erbost etwas erwidern, doch ein Blick zu Linh änderte sein Vorhaben.

»Klar!«, sagte er jetzt nur und grinste breit. »Sonst hätte ich es auch selbst gemacht.«

Lachend gaben sich die beiden ewigen Kontrahenten die Hand.

Kanusport im
Deutschen Kanu-Verband
• zum Spaß oder im Wettkampf
• durchs Wildwasser oder auf ruhigen Flüssen
• mit Freunden zusammen im großen Canadier oder mit mehreren Kajaks
Am schönsten ist Kanusport in der Gemeinschaft – im Verein!
Alles weitere auf: www.kanu.de
Deutscher Kanu-Verband e.V.
Postfach 10 03 15 • 47003 Duisburg • Tel.: 0203/99759-0 • Fax: 0203/99759-60
eMail: service@kanu.de • Internet: http://www.kanu.de
DKV
Deutscher Kanu-Verband

JEDEN MONTAG NEU!
34 17.08.2009
WALT DISNEY
MICKY MAUS
MAGAZIN
BEZIEH DEIN
EIGENES HAUS AUF
WWW.MICKY-MAUS.DE
© Disney